大方
sight

Terra Sonâmbula

Mia Coutо

梦游之地

［莫桑比克］米亚·科托——著
闵雪飞——译

中信出版集团·北京

图书在版编目（CIP）数据

梦游之地 /（莫桑）米亚·科托著；闵雪飞译．--
北京：中信出版社，2018.9
ISBN 978-7-5086-9079-7

I. ①梦… II. ①米… ②闵… III. ①长篇小说-莫
桑比克-现代 IV. ① I471.45

中国版本图书馆 CIP 数据核字（2018）第 111767 号

梦游之地

著　者：[莫桑比克] 米亚·科托
译　者：闵雪飞
出版发行：中信出版集团股份有限公司
（北京市朝阳区惠新东街甲 4 号富盛大厦 2 座　邮编　100029）
（CITIC Publishing Group）
承 印 者：北京汇瑞嘉合文化发展有限公司

开　本：880mm×1230mm　1/32　　印　张：8.75　　字　数：166 千字
版　次：2018 年 9 月第 1 版　　印　次：2018 年 9 月第 1 次印刷
京权图字：01-2018-4020　　广告经营许可证：京朝工商广字第 8087 号
书　号：ISBN 978-7-5086-9079-7
定　价：58.00 元

据说，那里是一片梦游之地。因为当人们沉睡时，
土地会移动到另外的时空。当人们醒来，看到焕然一新的景色，他们便会知道，那天晚上，梦之迷离曾将他们造访。

——（马蒂马蒂人的信仰）

什么推动道路向前？是梦。人们做梦时，道路是活的。
道路因此而存在，为了让我们与未来成为一家人。

——图阿伊的话

人分为三种：
活人，死人与海中人。

（　柏拉图　）

梦　　游

中文版序

1976年至1992年的十六年里，我的国家成了内战的牺牲品。战争摧毁了莫桑比克的经济与社会，造成上百万人死亡。

我们所居住的城市全然沦陷于战争的残暴。从住所，我们听得到爆炸声此起彼伏，看得见车辆运输伤亡的民众。在这种极端的残酷状态中，我失去了很多同事与朋友。我有时会想，如果我到前线打仗，或许会少受些苦，至少不会承受这种全然被动的旁观之苦。

1992年，签订了和平协议。几天之后，我和弟弟想出趟城，驾车前往我们从前常去的地方。内战之前，我们经常一起出游，我们爱去草原，那里的风景连绵不绝，望不见头。以前，我们一看见道路就很开心，就像囚徒盼到了自由。那一天，我们驾车来到城市的边缘，望着无尽的风景在我们眼前展开。我们停下车辆，哭了起来。我看见我弟弟的头垂在方向盘上，他自言自语：我不能。我们两个退回了城市，因为无法越过那条看不见的边界。战争如同监狱的墙，横亘在我们内心深处。它杀死了道路，盗走了我们做梦的能力，以此完成了最后一场摧城拔寨。那些让国家沦为焦土的人一贯这样做：他们偷走了所有人做梦的能力。

恢复生活与做梦的能力显然是一个漫长的过程。在这一年，我出版了《梦游之地》，出于神奇的巧合，里面写到了这条路，它还活着，仿佛是对战争的反人性的一种反抗。

我此时在中国发行的这部小说，是对梦想的称颂，是对大地、人类与人情的赞歌。

我在写这部小说时，始终坚信一点：这并非只是一本我想写的书，而且是在世界之外构建一处所在。实际上，我喜欢的并不是书写，而是在字里行间填满声音与话语。那条我和弟弟无法企及的道路出现在《梦游之地》中，就像活生生的人。

这条路让我重返那段我屏蔽已久的时光，那段我向自己隐匿的过往。

如果你去过莫桑比克，就会理解这一点：所有人都想忘记内战，仿佛它根本没有存在过。这种失忆成为共识。南非人的做法却不一样，他们成立了真相与和解委员会，希望将过去从种族隔离政策的罪行中拯救。

总之，内战让我们问自己，如何记住那些不可以被忘记的事。或者说，容易遗忘之事才是真正该记起的。为此，我们需要重返过去。这场返回不为寻找刽子手，而是要重新找到我们作为人的完整存在。

无论站在冲突的哪一边，我们所有人，都是牺牲者与负罪者。我们是胜利者，同时是失败者。我们都知道，历史总是由胜利者书写。但是，没有人能写下这场战争的历史，因为所有人既是天使，又是魔鬼。我们所有人，这些“自己人”，从中间劈成两半。在我的国家，文学邀请所有人反思这场过往。因为共识性的遗忘是假的：并没有人如此健忘。实际上，这场对历史的抹杀与记忆上的昏厥，无助于我们超越集体哀伤。我们需要重掌这段时光，即便那是不堪回首的过去。文学与诗歌前来拯救这场记忆的浩劫。这就是我写下这本书的原因。

梦　　游

第一章

死去的路

在那个地方，战争杀死了道路。公路之上，唯有鬣狗拖曳而行，于灰烬与尘埃之中嗅闻。风景中混入了从不曾见过的悲伤，现出几许附着于嘴唇的颜色。那是肮脏的颜色，脏得失去了所有的轻盈，忘却了在蓝中展翅的勇敢。那里，天空变得不可能。活人习惯于匍匐在地，认命地学习着死亡。

此刻在我们眼前延伸的路不与任何路交叉。它躺卧于地，比几百年还要漫长，独自承受所有的距离。烧掉的汽车在路边腐烂，那是洗劫的遗留。两旁的稀树草原上，唯有猴面包树静观着这个萎谢的世界。

一个老人与一个小孩沿着公路而来。他们迤逦而行，仿佛行走是降生之后唯一的职责。他们向无处而行，有来而无去，等待前路漫漫。他们逃离了战争，它已污染了所有的土地。他们怀揣幻想而来，寄望在更远的地方找到一处安静的避难所。他们赤足前行，身上的衣衫色如大地。老人名叫图阿伊。他很瘦，仿佛失去了所有的养分。小孩名叫木丁贾。从难民营出走的那一刻起，他便走在前面。看得出他有点瘸，迈步时腿总慢半拍。这是疾病的后遗症，就在不久之前，那场病差点把他拖进死亡。所有人都抛弃了他，老图阿伊把他捡了回来。孩子当时已经没有形了，鼻涕不是从鼻子而是从整个脑袋里横流而出。老人不得不重新教他一切：走路、说话、思考。木丁贾又变成了孩子。然而，因为生活的催使，这第二个童年过得飞快。当启程之时，他已对歌唱驾轻就熟，自己编唱，只为消遣。然而，只有孤独为伴，歌唱最终自行离去。两位行者，凋零而无望，融进了这漫漫的长路之中。

现在，木丁贾与图阿伊在一辆烧毁的公车前停下了脚步。他们意见不一，发生了争吵，男孩将袋子墩在地上，扬起一片灰尘。老人大喊道：

“孩子，我告诉你：我们将在这里安家。”

“在这儿？这辆烧得什么都不剩的车里？”

“你不懂，孩子。烧过了就不会再烧了。”

木丁贾不信。他看着原野，一切仿佛陷入了昏厥。那块土地上，光明剥离得如此彻底，实在没有心情来争辩对错。因此，他就没有再坚持。他绕着汽车转了一圈。车辆失控抛锚，横亘在道路中央。前端挤作一团，撞在一棵巨大的猴面包树上。木丁贾倚着树干，问：

“不过，图阿伊，路中间难道不更危险吗？躲在丛林里不是更好？”

“才不是。在这儿，我们能看到过路的人。懂我的意思吗？”

“图阿伊，你总是什么都懂。”

“抱怨就没劲了。事儿可是你自己找的：不是你自己哭着喊着要找父母吗？”

“是我没错。但是路上总有匪徒经过。”

“要是匪徒来了，我们就装死。装成和这车人一起死了。”

他们走进公车。过道和座椅上犹自覆盖着烧成焦炭的尸体。木丁贾不愿往里走。老人在过道上前行，查看着这辆车的犄角旮旯。

“这些人都烧透了。你看，所有人都变小了，火仿佛喜欢看到我们变成小孩。”

图阿伊安坐于后排座椅，火没有烧到这里。孩子犹自害怕，迟疑着不敢深入。老人鼓励他：

“进来啊！这些尸体都被火舌舔干净了。”

木丁贾朝前方走去，每踩一下都怀着一千个小心。这处空间已经被死亡污染。得有一千场法事，才能将车辆净化。

“孩子，别这样。你露出恶心相，死人会不高兴的。”

木丁贾将袋子放在座椅上，坐下，环视着这处幸存的角落。有顶棚、座位，还有靠背。老人毫不畏惧，已经躺下休息了。他闭着眼，懒懒地说：

“这处阴凉地儿可真舒服啊。打从难民营逃出来开始，我们就没休息过。你不想乘个凉吗？”

“图阿伊，我们还是把尸体搬出去吧。”

“为什么？你闻到臭味了？”

孩子没有立即回答，转头看着破碎的车窗。老人坚持让他休息一下。从无家可归者的营地逃出来起，他们就不曾停下过一刻。木丁贾依旧背对着人，只能听见他的呼吸，几乎沦为了抽泣。接着，他再一次抖抖簌簌地提出了要求：还是把这个避难所整理一下吧。

“图阿伊叔叔，求你了。我真是烦透了在死人堆里生活。”

老人急急忙忙地更正：“我可不是你叔叔！”而且警告他：“不要乱攀亲！”而木丁贾辩解说，他这样称呼不过是遵照传统。

“我不喜欢你这样叫我。”

“那我以后不这么叫了。”

“告诉我，你为什么要去找父母？”

“我都说了太多次了。”

“我还是不懂。我告诉你：你父母并不想见到你活下来。”

“为什么？”

“兵荒马乱的，儿女都是负担，耗不起。”

他们出去掩埋了尸体。地方不远。他们只挖了一个穴，以节省力气。返回的路上，他们又发现了一具尸体。这个人俯卧在路边，不是被烧死的，而是被子弹打死的。死人的衬衫上鲜血淋漓，看不出原来的颜色，身边有一个旅行箱，严严实实，完好无损。图阿伊用脚踹了踹死人，又翻查了他的衣兜，但却一无所获：别人早已先下手为强了。

“看！这家伙还没变臭，看来这车遇袭也没多长时间。”

孩子在瑟瑟发抖。这场悲剧比他们想象得更近在咫尺。死者的魂灵犹自飘荡于此。但是，图阿伊却毫不动容。他们掩埋了这最后一具尸首。死人的面容从未被人所见：他被一路拖拽，牙齿深犁着地面。封好坟之后，老人提着箱子回到了汽车里。图阿伊想把它打开，却没有成功。他召唤木丁贾来帮忙：

“把它打开。看看里面有什么。”

他们匆匆忙忙地撬开拉锁。箱子里装着衣服与一个盛放食物的盒子。几个本子凌乱地散在上面，里面写满了模糊的字。老人拿起了食盒。木丁贾查看着那些本子。

“图阿伊，你来看啊，是信。”

“我只想知道有没有吃的。”

孩子再一次把手伸进箱子里。那双好奇的手探访到所有的边边角角。老人提醒他：合上箱子，让一切恢复原样。

“只把纸带走。烧火时用得上。”

孩子掏出本子，藏在座位下面。看起来他并不希望用那些纸来点火。他坐着，仿佛身在别处。外面，一切逐渐遁入夜色。一种野蛮的黑盲目地统领着世界。木丁贾注视着这黑暗，颤抖不已。这是连乌鸦也吃不下的黑。仿佛所有的阴影都已降临在大地上。恐惧张开犄角，拂过孩子的心，他躺在座椅上，蜷缩如千足虫。车辆向静寂缴械投诚，一切都归于无言。

稍后，传来一声几不可闻的哭泣。那是木丁贾在哭。老人起身，愤怒地说：

“不要哭了！”

“可是我感到很难过……”

“你这样哭，会把鬼魂招来的。要么你就停住哭，要么我就打得你更难过。”

“我们不可能离开这里了。”

“会离开，肯定的。什么事都会发生。战争会结束，道路上会挤满人和卡车。就像从前一样。”

老人不为所动，用胳膊扶住男孩颤抖的双肩，问道：

“你害怕黑夜吗？”

木丁贾点了点头。

“那你去外面把火生起来。”

孩子站了起来，择选起纸张，生怕撕掉写着字的纸。最后他撕下一个本子的封面，用这张纸点火。之后，他坐在火堆旁，拿好本子，开始阅读。他掠过每一个单词迟缓的线条，一字一字、磕磕绊绊地读。他满意地笑了，仿佛攻城夺寨。他越来越娴熟，速度也加快了。

“孩子，你在干什么？”

“我在阅读。”

“可不是嘛，我都忘了。你能读了。那你读得大声点儿，好送我入眠。”

孩子开始大声朗读。他以缓慢而小心的声音猜测着字词，而眼睛睁得比声音还要大。阅读是他刚刚想起的事。老图阿伊不识字，无法唤醒他的阅读能力。

月亮仿佛被木丁贾的声音唤来。黑夜全然被月光铺满。银光熠熠的道路在倾听写在本子上的故事：“我想把时间……”

肯祖的第一本日记

当世界
与我们同龄时

我想把时间，依照等待与痛苦，安放在平和的次序里。然而，回忆却拒不从命，它们宁愿化为虚无，或是从现时里将我偷走。我点燃起故事，却熄灭了自身。这些书写的最后，我将再一次化为无声的影子。

我叫肯祖。这本是矮棕榈的名字，就是那种长在海边的棕榈，它弯垂向下，仿佛思念泥土、后悔长大。又有谁没见过呢？我父亲给我取这个名字，只为纪念他唯一的爱好：喝苏拉，一种棕榈做成的酒。这就是老塔伊姆，一位孤独的渔夫。之前，他尚且能等待时光作用于美酒，干一干发酵、蒸馏这些被禁的活计。后来，他连这个都不用，只是砍下棕榈的新枝，躺下，张嘴，任汁液流进口中。这样，警察也抓不住把柄：他的确没有酿酒。美好生活，按他的说法，就是吃到了芒果肉还不用削芒果皮。

得空儿的时候，他会召唤我们过来听他讲现编的故事。那些故事无法预想，让我们的家变大了，比世界还要大。没有一个故事讲得完。讲到结尾之前，睡意便封住了他的嘴。安顿那具沉睡的身躯是我们的事。我们不能把他放在屋里，他一向拒绝睡床。他的说法是床铺太软了，躺在上面，死神会逮住我们。他的床就是地面，雨水也同样喜欢停留。我们只需把他靠在墙上。等到第二天早上，会看到他身上布满了蚂蚁，虫子仿佛喜欢老塔伊姆身上微甜的汗液。他甚至感觉不到蚂蚁在身上爬。

“妈的！我出的汗比棕榈流的汁都多。”

他快醒时，总爱胡说八道。我们摇晃他，抖掉那些不知疲倦的虫子。塔伊姆反摇着我们，不高兴我们关心他。

我父亲罹患梦症，他常双目迷离地在夜晚出走。因为他在屋外睡，我们察觉不到。第二天，母亲会叫我们：

“快来！爸爸做梦了！”

于是我们聚集，所有的人都来聆听那些向他开示的真理。塔伊姆通过祖先接收未来的讯息。他预言过太多事，根本没有时间证实。我颇怀疑这老家伙看到的那些到底是真是假，毕竟是那么能编的一个人。

“千万不要怀疑。”妈妈信不过我们，出声提醒。

日复一日，我们就这样长大成人。那个年月，世间一切依然具有意义：这个世界的理据存在于另一个无可解释的世界。年长者在两个世界间搭建了桥梁。我记得有一天，父亲把我们叫到了一起。看起来这一次他又要聚起全家，向我们回忆他梦境的颜色与形状。但他并没有。这一次，老家伙套上西装，系上领带，穿上一双有底的鞋。虽在谵妄中，他的声音却未曾有丝毫改变。他宣告了一件事：国家将要独立。那时，我们并不明白这宣告的真正意义。然而，他的声音里积蓄着如此强烈的感情，仿佛一切美梦皆会在这一刻成真。他叫来我母亲，抚摸着她如满月一般的肚皮，说：

“这个孩子必须取名为六月二十五日。”①

“六月二十五日”作为名字实在太长。最终，这孩子取名为“六月”。还有一种更亲切的叫法：小六。我母亲之后再也没有生过孩子。小六是她肚子里的最后一位居民。

时间温顺而缓慢地流逝，直至战争到来。我父亲说，这场乱战是从外面来的，是丧失了特权的人带来的。初时战争尚远，我们只能听到隐约的消息。后来，枪战逐渐迫近，鲜血翻涌起我们的恐惧。战争是一条蛇，用我们的牙齿咬死我们自己。如

---

① 1975年6月25日，莫桑比克宣布独立。

今，它的毒流进了我们灵魂的每一条河。白天我们无法出门，夜晚我们无法做梦。梦是生命之眼。我们成了瞎子。

不久之后，我感觉到家里四分五裂，就像罐子掉在地上。我一直以来的容身之所里如今什么都没有。我们比任何时候都穷。小六的腿撑不住膝盖，连喘气都感到累。我们早就不种田了。母亲一大早便拿起锄头出门，但并没有走向任何一块土地。她从未逾越倾盖于庭院的金合欢树。她在凝视过去。她的身体越来越瘦，而影子却越来越大。过不多久，那身影便和大地一样大了。

即便是我们家，还算有些财产，生活都渐入日暮穷途。我们所有人都很难过，除了我父亲。对于我们的现状，他表现得兴高采烈，他说：贫穷是最好的保护。这愈演愈烈的穷困将成为新主人，我们要为它工作，而它会回报我们不受匪徒侵扰。那老汉心满意足地感叹：

“这样挺好的！一贫如洗的人，不会遭别人嫉妒。连门都没有才是最好的防护。”

我的母亲摇了摇头。她教会我们变成影子，不去期待任何事，只是追随投于地上的身躯。这是无言的传授，她只是坐着，双腿交缠，膝盖相叠。

我们渐渐变成了另外的人，简直认不出来了。当我的小弟被赶出家门时，我才发现这变化究竟有多大。前一夜，我父亲又陷入了谵妄。而这一次，我们亲眼见证了一切，透过窗子，看见他在树林里乱跑。他的喊声在房中炸开，黑暗衬得那嚎叫分外凄厉。唯有小六不曾来到床边，他一直蜷缩在自己的床上。当这个孩子说，“这不是爸爸，而是可怕的野兽”时，我们装作相信了他，我们回到床上，但已睡意全无。

早上，母亲唤我们过去。我们正襟危坐。父亲的头垂在胸前。他还在睡觉吗？他以这种姿势持续了一段时间，仿佛在等待词语的到来。终于，他肯面对我们了，但我们却听不出那是他的声音：

“我们中有人会死。”

接着，他给出了理由：直到目前，我家还没有人因为战争而死。现在，该轮到我们了。“死神将停驻在这里，我百分百确定。”老塔伊姆这样判定：“孩子们，你们中有人会灭亡。”那双发红的眼睛在我们倾颓的肩膀上一一扫过。

“是他。他会死！”

他指着小六，我们最小的弟弟。他的话吓得大家瑟瑟发抖，而我的小弟却全然懵懂。自从上次差点溺死，他的耳朵就不灵了。太多水进入耳朵深处，完全没法清理干净。他摇晃着头，擦了半天，却什么都没有。水存在里面，人们能听到他脑子里哗哗作响。我只能再向他说了一遍父亲的话。六月躲在我的怀里，颤抖不已。父亲举起手杖，命令大家不要悲痛：

“别吵！我不喜欢哭哭啼啼。我早就想过这个问题了。从今往后，小六就去鸡舍住了。”

他颁布了命令：小六必须变成鸡的模样，从身体到灵魂。如果匪徒来犯，也不会把他抢走，因为鸡这种动物不会激发兽性。母亲表示反对，鸡舍被抢的消息也实在不少。父亲言语中有些不耐烦，他简明扼要地下达指令：这是拯救六月二十五日的唯一方式。

从那天开始，我的小弟便不再住在房子里。我父亲在鸡舍里给他找了个地儿。他一大早就教小弟打鸣，得打得和公鸡一模一样。小六费了一番苦功才最终练成。很多个黎明过去，小六身穿那件母亲给他织的羽毛衣，已经可以非常完美地打鸣了，仿佛已与那满是跳蚤的羽衣融为一体。

之后的夜晚，父亲再没有讲过任何预言。家里只能听闻一些杀人放火的传言。我们常常聚在一起，共同咀嚼那冰冷的寂静。父亲常常发问：

“剩饭，给他喂过了吗？”

他问得是小六的饭食。除了面包渣，又有什么剩饭？不过，总有能剩下的。我们的肚皮变小了：尽管盘中空空，但居然总能剩下一点儿。

我们不能探视小六，连提都不能提。母亲也仿佛认命了。不过，我知道她曾在深夜偷偷前往鸡舍。她会坐在暗处，轻唱一首摇篮曲，那首歌曾哄睡过我们所有人。起初，小六还能和她一起哼唱。听到他的声音，我们低垂了双眼，将悲伤浸沉于心底。但后来，小六再不能拼读人类的词汇。他尖声地“咯咯咯”，把头藏在翅膀下，就这样睡熟了。

一天清早，鸡舍醒了，而他却不在。小六再也没有出现过。他是死了？逃了？还是化作了永恒？没有人搞得清。邻居们说，我父亲喝得酩酊大醉，以为自己的儿子真的是鸡，拧断了他的脖子。也有人说，是匪徒为了充饥而抢劫了鸡舍。母亲依旧沉默，以此遮掩掉其他说法。也许是她，打开了鸡舍的门，放走了我的兄弟，让他今后去别处啄食。

因为弟弟的失踪，全家人都陷入了疯狂。改变最大的是我父亲。那之后不久，他便舍弃了所有的营生，没日没夜地沉溺于杯中之物。他的小船沉睡于沙丘上，帆倾颓在地，徒留对风的眷恋。我父亲就靠在小船上喝酒。舟楫与渔夫，仿佛同在期盼一场永远不会抵达的旅行。他如今头发蓬乱，酒气熏人，退缩成一场悲哀。酒是他唯一的生活。有一天，我们发现他完全不能讲话了。他充得实在太满，口中、鼻子与耳朵中不断涌出红色的泡泡。他空了下来，就像袋子破了一样。当他只剩下一张皮时，就飘落于地，宛如一枚树叶。

葬礼在水中举行，他被安葬于波涛。第二天，发生了一件谁也不敢想象的事：海全干了，一瞬间，水退得干干净净。曾经的一顷碧波，如今现出一片长满棕榈的平原。每一棵树的腹部都挂着果实，肥美多汁，金光闪闪。其实那并不是果实，而是黄金熔铸的葫芦，每一只都价值连城。男人们踏入山谷，挥舞着手中的长刀，欣喜于这天降之财。这时，人们听到一个声音，它于回音之间荡为重奏，仿佛每一株棕榈都化作了千万张口。男人们停顿了片刻。这声音难道是从幻化了这一切的梦中传来？对此，我毫不怀疑：这是我父亲的声音。他请求男人们三思而后行：那些果实可是至为神圣的。他的声音跪下，乞求人们不要砍树：我们世界的命途悬系于极为纤细的线上。倘若斩断其中一根，一切便会陷入无序，灾祸会接踵而至。然后，最前面的男人高声问树：为什么你如此残忍？回答他的唯有寂静。再也听不到任何声音。人们再一次涌向棕榈树。然而，当砍下第一颗果实的时候，一下子便喷涌出大量的水，海被重新注满，淹没了一切事与一切人。

唯有在梦中，我才会回忆起这场洪水。就像很多其他回忆，只在梦中到来。我和我的回忆仿佛交替着睡觉，一个躺下，另一个上路。

守寡后，母亲佝偻了身子，哀伤得像黑暗的街角。我们求助于巫师，希望知道父亲确切的死因。倘若不是一场好死，那就得操办更多的仪式。巫师肯定了父亲的死因有异，他建议母亲盖一栋房子，离得远一点儿。在那个离群索居的住所里，母亲要放入父亲的那艘旧船，连同桅杆和伤感的帆。他说什么，我们都照做。我们推着那艘小船，上面安放着所有的零件。我从未见过如此之满的沉重。推船耽搁了整整一天。我的大舅唱着歌号令，那声音硕大无朋。夜晚，火堆旁，他们给我解释了这个传统。为什么要把船放在屋里？因为我父亲可以从海上返回。因此，每晚，我都会把一锅食物端到那个偏僻的屋子，第二天，锅全空了，一点儿也不剩。

有时，当我手捧这死者的晚餐走在黑暗里，我会听到鬣狗的笑声。惊恐之下，我不禁怀疑：是鬣狗享用了锅中美食？还是他，那死去的人，化身为动物，只为酒足饭饱？一个晚上，鬣狗在笑，我看到一个身影从那栋房子里走出。我只隐约窥到一条缠着红布的胳膊，上面系着巫师用的手镯。我赶紧把母亲叫来。我非常希望她能看清另一个人的存在，享用晚餐的一定另有其人。倘若能证明父亲已不在世上，那将是我的伟大胜利。我步入院中的灯火，看到母亲正哼唱着歌儿。我还没来得及开口，她却抢先说：

"是他！是你父亲……"

难道她也看到了那个神秘身影？这么多夜晚，她肯定已经注意到了那位访客。现在，她希望现身的人就是她死去的丈夫，胳膊上绑着布条。我这边犹自坚持：

"不是他，母亲！"

她又一次哼起了歌。我犹豫了：这值得吗？母亲从不接受我的怀疑。在这个世界上，谁又能相信一个孩子呢？我放弃了。如果真的另有真相，母亲也不想去证实。我戳破父亲返生谎言的意愿不过是一场从云端就已败坏的落雨。在我父亲生前，我母亲整日伺候他。如今，他已死去，而她却依然照管他无法现身的形容，喂饱他无法餍足的饥饿。我丈量着母亲的时间，这让我想起，她永远为母，总是怀着孩子，生下一个，又揣上一个。这是遥远的回忆，她吃下红土，只为保护体内的鲜血。她将土放进一个陶罐里随身携带，间或停下来，两手抓满土，放进嘴里吃掉。现在，流淌在她脸上的泪水，她生命中的黑窗，打湿了她的言语：

“我生过好多孩子，好多好多个。他们都离开了，只剩下你，肯祖。结果你却是最差劲的那个。”

这是事实。我的存在是对她的惩罚，只会让她更思念其他孩子。出于好心，我，她记忆的疮痍，总是离她远远的，以便让她轻松片刻。我游手好闲，终日趟着海浪，一如海浪趟着沙滩。从前，我还常常去阿方索神父的家，借他的书读，听他教诲。但是现在，我却躲避着那位智慧的导师。我的心已然是一条停滞不动的河，再没有风能鼓起我的梦想之帆。父亲死后，我成了无根之人，我如海浪一般无父无母，我是无名之物的手足弟兄。

就在我漫无目的地游手好闲之际，我听到了人们的闲言碎语：肯祖这是传染了鲸鱼的病。他们说的是那条巨大的鲸鱼，它一呼一吸，海涨潮退潮。我与鲸鱼竟然相像，这不禁让我想起了小时候的事。我们这些小孩坐在沙丘上，听着海浪声从天海交际之处传来，希望能看到鲸鱼。当太阳跪在世界的肚皮之上时，它会在那里出现。突然，一声巨响吓了我们一跳，是那条巨兽在吸水！它会把海水全吸光。我们听人说过鲸鱼，但从未见过。直到有一次，一只巨大无比的鲸鱼搁浅在沙滩上。它就要在沙中死去。它费力地呼吸，仿佛在用肋骨拖拽着世界。鲸鱼奄奄一息，垂死挣扎。人们前来剜它的肉，一片又一片，一斤又一斤。它还没死，骨殖便已在太阳下泛起了光芒。此刻，我看到我的国家就仿佛一条垂死于沙滩上的鲸鱼，死亡还未发生，屠刀即已割肉，每一个人都想留给自己更多，仿佛这是最后一只动物，是试图分一杯羹之人的最后一个机会。有时，我仿佛还能听到那只庞然大物的喘息，它吞掉一个又一个浪，期望把潮汐吸干。总而言之，我出生的那一刻，时间没有发生。朋友们，生命不肯接受我。我被捆绑在一片永恒之地，就像那条在海滩上等死的鲸鱼。如果有一天我冒险去另一个地方，我必须带上那条路，它不让我离开自己。当我看过了这些事，我甚至比我的兄弟小六还要迷茫。

战争正炽，卷走了大部分居民。即便是村镇，作为行政区的中心，水泥房子里也没有人了。墙上满是弹孔，犹如麻风病人的皮肤。蟊贼冲着建筑物射击，好像房子惹怒了他们。他们也许不是冲着房子，而是向时间射击，它带来了水泥，建起了房子，可比人活得长久多了。路上灌木横生，窗子里伸出杂草。丛林仿佛收复失地，恢复为独一无二的主宰。人们从前告诉我，这村镇是原来的政权建立的，它从远方而来。真正的主人，并非是建房子的人，而是住进去的人。现在，没有了住户，水泥房子在腐烂，就像从动物上扒下来的骨架。

镇子上只剩下了一个商贩：苏雷德拉·瓦拉，印度人，无论是种族还是职业。我喜欢拜访他，与他交谈，吸入他房子里的氤氲香气。他会为我奉上丰盛的食物，一看到就流口水。他的妻子阿斯玛不堪忍受世界的沉重。她整日坐在柜台后面的阴凉地儿，脑袋倚着收音机。她在听什么？她听的是噪音，根本没有任何曲调。但是对于她，噪音的后面是印度的音乐，那是治愈思乡病的乐曲。线香上香气缭绕。阿斯玛的眼睛循着香气呆呆地动。噪音的轻摇下，她睡着了。一日将尽，苏雷德拉蹑手蹑脚地关上收音机，唯恐惊醒妻子。商店的帮工，安东尼尼奥，挑衅地看着我。他是个黑人男孩，黝黑，微胖。他老向我撒谎，就站在门口，告诉我老板不在，好像是嫉妒我在印度人中吃得开。我家里人也不希望我总去商店。“那家伙是个阿三。”他们这样提醒我，好像我自己看不出来一样。然后还说：

“阿三不交黑人朋友。”

然而，这些年里，苏雷德拉却表现得正好相反。一放学，我就往他店里跑。我进入商店，如同走进另外一种生命。鉴于我的世界太小，除去这些不听话的拜访，我实在想象不出其他旅行是什么样。我坐在商品之间，在商店里消磨时光，而苏雷德拉的那双大手在布料上轻轻拂过。这个印度人会赶我回家，提醒我已经待得太久。苏雷德拉知道我家里人不会原谅我们的情谊。但是他无法理解其中的理由。问题不在于他，也不在于他的种族。问题在我。我家里人担心我疏远原来的世界。这样想是有原因的。首先，我上了学。更确切地说，我和导师阿方索神父交上了朋友。放学后，他会继续给我教导。我向他学会了另外的知识，按照我父亲的说法，那是白人的巫术。通过他，我爱上了文字，我在纸上书写，仿佛可以召唤父亲所说的巫力。但是，倘若这一切是恶，也是人所共盼。说得好，写得很好，讲得要尤其好。我理应掌握这些本领，求得一个好前程。苏雷德拉则更可恶。和这个印度人一起，我的灵魂竟然胆敢与低劣混杂。这是真正的冒险。很多次，我任凭自己混入苏雷德拉的感觉之中，追随一颗崭新的心。日落西山时，我们坐在阳台，注视着那抹余晖映照在印度洋的水面上。

“看到了吗，肯祖？海那边是我的家乡。”

他将一种思想传递给我：我们，海边的人，并不是陆地的居民，而是属于海洋。我和苏雷德拉共享同一个祖国，这就是印度洋。

仿佛正是在那片无垠的大海上，历史之线铺陈生发。在那些古老的线团之中，我们的鲜血互相融合。这就是我们崇敬海洋的原因：那里有我们共同的祖先，随波逐流，无计国界。这是我把苏雷德拉·瓦拉的店当成家的真正原因。

“我们属于同一个种族，肯祖。我们是印度洋人！”

他笑了，重复了一遍：不是印度人，而是印度洋人。我装作觉得好笑，礼貌地咧嘴。我们待在一起，什么都不做，我感觉到很开心。就在我们彼此交换无所事事时，苏雷德拉忘却了接待客人。我很欣慰，从来没有人为我忘记事。

一天下午，邻村的村长来了。他到处乱摸，眼睛简直要掉出眼眶了。我看到他在偷东西，提醒苏雷德拉盘问一下。这男人竟暴跳如雷，大吵大闹。胖帮工安东尼尼奥却撒谎，说这男人是清白的。他不想背叛自己的种族，拒绝为另一肤色的人作证。气氛简直点火就着，而那男人还在不断添柴。苏雷德拉相对平和，只要求返还被偷的物品。那男人转而将气发到了我身上，他越来越暴躁，竟命令安东尼尼奥把我赶出去。否则，他就不会只动口，而是要动手了。安东尼尼奥急忙照做，想把我拖走。但是苏雷特拉适时地行使了经理职权，命令帮工将这位犯法的顾客拖走。安东尼尼奥抠着手，踌躇不决。那男人一边逼近苏雷德拉，一边谩骂不休。他满嘴唾沫，好像要把胸膛拉到喉咙那里。他面上青筋毕露，往苏雷德拉脸上啐了一口。印度人站在那里，身板笔挺，任唾沫在脸上流淌。虽然脸上有唾沫，但看起来并不像遭到了侮辱。我想过去和那男人评理，苏雷特拉却希望我不要说话：

“算了，肯祖。要是我们弄出大动静，会把阿斯玛吵醒的。”

然后，那男人划着了一根火柴，手拢起来护着火苗。“你会看到火是怎么烧起来的。”他咬牙切齿地威胁道。印度人看了看熟睡中的妻子，说：

“肯祖，帮个忙。把收音机的音量调大点儿。”

“对，去把音乐放出来，让这阿三跳舞。”小偷说。

这时，一件意想不到的事发生了：一个奇怪的男人走入了商店。他没穿多少衣服，而是用项链、羽毛、饰带与其他装饰品遮住身体。我吓了一跳，他胳膊上缠着红布，与那天我看到的那个从我父亲房子里出来的男人一模一样。我死死地盯着这位不速之客，刚才还在口口威胁的顾客也吓傻了，火柴在他颤抖的指端燃尽。手烧伤了，他也走了。刚进来的男人走向柜台，低声与苏雷德拉交谈。收音机的音量太大，我听不清他们说了什么。我走向货架，想调小音量。等我回来时，那人已经走了。我克制不住好奇：

“这人是谁?”

“是一个纳帕拉玛。”

纳帕拉玛？我从未听人说过。苏雷德拉大概和我解释了一下。他们是蒙巫师赐福的传统武士，在对抗挑起战争的人。在北方，他们已经实现了和平。他们使用长矛、匕首与弓箭作战，枪弹伤害不了他们，因为他们身如铠盾，刀枪不入。

“这人来做什么?”

“来买布。纳帕拉玛的入伙仪式需要用到布。”

然后，我告诉苏雷德拉，那个夜晚，在父亲的小屋里，我曾撞见过一个纳帕拉玛。我还说起了母亲的固执，她坚持认为那就是亡夫的灵魂。

“她说的对，肯祖。你看到的是你父亲。”

“苏雷德拉，但是……”

“你可以放心了，确实是亡灵。”

“告诉我，苏雷德拉，告诉我为什么你硬要我相信我没看到的事。”

“因为我不想你难过。你就像阿斯玛没给我生出来的儿子一样。”

他深沉地看着我，唯有悲伤才能孕育出那种平和。他的目光有些孩子气，属于那些一生都学不会用阴谋诡计来获得幸福的人。我用手触碰着他的脸庞，替他擦去还在流淌的唾沫。

一天晚上，匪徒袭击了他的店，抢走了布料，放火烧了房子。消息传得很快。面对瓦拉一家的不幸，没有人主动安慰。他是外来户，配不上同情。我跑到商店，想知道到底发生了什么。我看见苏雷德拉站在老房子的庭院中，身边堆放着行囊。

“我要走了，肯祖。”

这个消息让我心碎。这个印度人一直向我保证他会留下来。他老这样说：我们是生意人，适应能力强。“不管是不是真打仗，我们阿三活得就跟打仗一样。”他开玩笑，模仿着其他印度人的口气。现在，他的决定令我痛苦不堪。发生了太多的不幸，我早已伤痕累累。弟弟失踪了，父亲死了，家里人都疯了。但和苏雷德拉要离开相比，这些都不算什么。我试图说服他留下，但他的理由很充分：

“肯祖，你的先祖，都在这里，和你在一起。而我却不是。我不知道他们是谁，也不知道他们在哪里。你看，现在成什么样？谁会来安慰我？除了你，没有别人。”

我不愿理解苏雷德拉。大海在过去将我们联结，他的话却杀死了那一重海市蜃楼。苏雷德拉终归孤身一人，没有亲近的人，也没有把根扎下。除了我，他没有可以告别的人。我犹自坚持，仿佛突然变成了孩子，想给他一些连我自己都不信的主意。什么“这个国家也是他的”，“无论是谁都可以容身”之类的。我说着说着，感觉到了眼泪咸涩的味道：我哭了，恐惧掐住了我的声音。

“肯祖，谁的祖国？我没有存身之处。所谓有祖国，就是像你现在这样，知道它值得一哭。”

帮工安东尼尼奥在听，他感觉这一切都很荒唐。对于他，我背叛了种族，作为黑人，我不遵守非洲的传统。他在我们两人之间穿过，一脸鄙夷地挑衅。他一边走，一边高声而难听地大笑，让我不禁想起了鬣狗。苏雷德拉接着说：

“我不喜欢黑人，肯祖。”

“什么？那你喜欢谁？白人吗？”

“也不喜欢。”

“我知道了。你喜欢印度人，你喜欢同族的人。”

“不。我喜欢没有种族的人，因此我喜欢你，肯祖。”

我离开了商店，痛苦笼罩了我。无论是家庭还是友谊，我现在都是个孤儿。没有家庭，我们会是什么？还比不上一粒尘埃。没有家庭，没有朋友，我们还剩什么？在被推进外面那正吞噬一切的大火之前，唯一的出路是独自离开。

但是，我尚有疑虑：我真能逃离这个被诅咒的地方吗？我想起了苏雷德拉的话：你留下，你不知道该怎样在别人的土地上逃亡。他这样说，仿佛自己是被逼无奈才背井离乡一样。我从不知道他的故事。我也永远都不会知道。

我深感困惑，因此去找我从前的导师，老神父阿方索。学校被烧了，废墟里仅余灰烬。我去他村上的房子找他。神父居住在铁皮顶的木屋里。我到达时，人们正向他做最后的告别：我赶上了葬礼。神父被杀害了。就在前一天晚上，他的双手被砍下，人被绑在一棵大树上，在那树下，他曾坚持上课。他的双手悬吊在悲伤的树枝上，仿佛是最后一课，教给我们死亡那说一不二的法则。

绝望之中，一个清晰的愿望向我袭来：我要加入纳帕拉玛。是的，我已经看到了自己赤裸着身躯，佩戴着项链、饰带与护身符。我有些犹豫，因为恐惧触碰了我。我摇摆不定，既想选择抗争至死，又想找一处安宁的角落平静度日。终于，我就像村里的歌者唱得那样："太平时，我瞎了眼；打仗时，我看不见。"

无论我做出什么选择，有一样事确定无疑：我必须离开这里，这个地方会杀了我。平生第一次，我对一件事产生了疑虑，简直辗转难眠。父亲在我的梦中出现，他问我：

"你要离开家吗？"

“父亲，我忍不了这里了。我一闭上眼睛，就能看到死人，看到活人是怎么死的，死人又是怎么死的。”

“你要是走了，就总得看到我。我会缠着你，你一辈子都得忍着我现身。”

“父亲，但是……”

“不要再叫我父亲。从现在起，我就是你的敌人。”

我想和他再谈谈，但是他离开了我的梦。我醒了，头下的枕巾一片滂沱。父亲亡灵的威胁令我惊恐不已。

我步入清晨的凉爽，以求治愈夜晚看到亡灵的惊吓。我来到村子中心，那里有一棵遮天蔽日的漆树。老人们从早到晚坐在那棵树下。我想从他们古老的智慧中受教。我告诉他们我想离开，成为一名纳帕拉玛战士。老人们什么都没说，只是自言自语，仿佛在咀嚼时间。最终，一位老人开了口：

“孩子，匪徒的任务是杀人，战士的任务是不死。一个来了，我们会遭殃；另一个来了，我们同样会倒霉。”

“难道这不是又一个参加纳帕拉玛的理由？”

“不要参战，孩子。死亡只教会人杀人。”

他们告诉我，我得先处理我父亲的事，让他安息。倘若我不和他好好告别，我的人生将会乱成一团。我同意。但是又该如何战胜这死人的怒气？

“你父亲不是通过自己的口说话，他死前就已经疯了，因为这些发生在我们国家里的事。”

关于我父亲的健康问题，他们讲了很多，但我并没有在意。突然之间，我觉得这一群老人也同样失去了方向。他们不再是智者，而是迷茫的孩童。看到这块土地在垂死挣扎，他们比其他任何人都更加难受。神父的双手在老人们的胸前滴着血。每一处烧毁的房子都坍塌在他们的心里。这场战争他们闻所未闻。从前的战争里，人们会把奴隶抢走，在海边卖掉，然而都比不上这场浩劫。

一个老人说："人们怀着对生的眷恋而死。"

我真要加入纳帕拉玛吗？我梦想成为的战士，并不真正存在于世。老人们对此深表怀疑：那群武士不是我们这里的人，以我们的力量，无法掌握到他们的巫力。那么，我是不是该逃离？就算逃，又逃往何处？没有地方可逃。战争已席卷全国。普天之下，皆是枪林弹雨、满目疮痍。无论我去往何处，都会看见父亲的鬼魂。

我已求教于长者，但疑惑依然未解：难道就没有一个地方，能够让我清静度日？难道就没有一个角落，会被战争遗忘？老人们不知道。他们的世界终结于此，其余的一切比不可企及还要遥远。

"只有占卜师能帮你。也许他知道哪里有安静的地方。"

是的。我应该去问询占卜师。唯有他知道那个珍藏于我梦中的所在。然而，我绝不能向他提起纳帕拉玛。那是北方巫师的职能。

当我离开那棵漆树时，天已经黑了。虽然时间已经不早，我还是去了占卜师的小屋。

“倒是有一个地方，不过实在太远了。”

这是占卜师的回答，他将手垂放于膝盖上。问题不在于在哪，他说，而是怎么去。

“怎么去？”

“想想你父亲，他发生了什么。”

我不明白。占卜师摩挲着蜷曲的腿，仿佛从中抽出占卜的神力。然后，他向我讲了一些奇怪的事。他说有两种出发的方式：一种是离开，另一种是疯狂。我父亲同时选择了两条路：一只脚踏进离去的疯狂，另一只脚陷入留下的错乱。

“因此，我才会说：去哪儿不重要，怎么去才重要。”

他告诉我，有这样一场旅行，它唯一的抵达是再次出发。然而，这场旅行我要听从他的忠告：我必须沿着海走，从陆地最后的嘴唇上经过，那里海水引人口渴，而沙留不下印痕。我要随身携带旅人的护身符，外面要用风干的马钱子果皮包裹。我要去寻找边界之地，那里的人不再保有回忆。为了防止父亲纠缠我，我不能留下任何踪迹。我的旅程要像飞鸟穿越晚霞一样了无痕迹。

我遵从了长者们的教诲，没有提及纳帕拉玛。如果占卜师知道他对我的请求无能为力，会受到伤害的。我沉默不语，听着他之后的告诫。

"你会和祖先分别。现在，你得变成另一个人。"

占卜师将神骨投掷在羚羊皮上，骨头整齐地落地，形成一条直线。

"你看到了吗？都在一条直线上。这就说明，你是个注定四海为家的人。我看到了水，我还看到了海。"

"海将成为你的救赎，"老人接着说，"陆地负担着法律、秩序与无序。海洋没有统治者。但是，要注意啊，孩子！人不能住在海上。即便像你父亲，一辈子出海，他的灵魂也得在建在陆地上的房子里休息。"

"你会遇到邀请你到海上住的人。注意啊，孩子！只有海才能住在海上。"

这就是占卜师的话语，我从未猜出其中的深意。

就这样，我遵从这些晦暗不明的忠告，加快制作我的独木舟，我要和它一起走向海滩，寄望能摆脱不幸。我内心深处依然渴望成为纳帕拉玛战士，为我族人的悲剧复仇。我思念小六、神父与苏雷德拉，这一切都凝聚为唯一的誓言：我的手臂必将缠绕红布，我的身躯必会刀枪不入。

我与母亲告别，她什么都没说，连头都没抬，完全不想祝福我。

"母亲，需要别人给我父亲送饭了。"

我知道，"别人"指的就是她自己。她垂下头，无名早已成为她的习惯。她的声音细弱如丝，我不得不往前靠近她。

“好多个晚上我看到了你在外面游荡，就像醉鬼一样。别告诉我你传染了你父亲住在梦里的毛病。”

我矢口否认。我从未发觉自己在睡梦中游荡。接着，母亲示意我向前，她抓住我的手，贴住她的肚皮。

“干什么？母亲……”

“我怀孕了，又一次。”

母亲陷入了谵妄，仿佛是在做梦。她都这把年纪了，还怎么可能生得出孩子？然而，她的声音却如此确定，我不禁动摇了。

“孩子，我怀孕了。不是现在，已经怀了很久了。”

“很久？有多久？”

“我怀了这个孩子好些年了，我不愿他在这种年月里出生。他会待在我身体里，陪伴着我的心。”

我抚摸着她的腹部，把保护母亲的重任赋予我那躲藏不出的兄弟。我将通往家门的路抛在身后，注视着眼前的风景，那是一片坚忍的翠绿。我的眼睛融化了这所有的景致，仿佛是为了将过去封存于航行的水流中。当独木舟从道路上解脱出来，时间已近深夜。黑暗禁闭住我，抹去了所有属于我的地方。我并不知道，一场旅行已经开启，它将会杀死属于我童年的所有确定。学校的课程，阿方索神父的教导，苏雷德拉的梦，这一切终将消弭于疑惑。我看到我浑身轻盈，毫无负担，我想起了父亲的话：

“没有朋友的人，旅行时也没有行囊。”

第二章

梦之文字

木丁贾的眼睛越过书页的上方偷瞟着图阿伊。老人合上了双眼，仿佛睡熟了。“敢情我都是读给自己耳朵听的。”木丁贾想。“我都读了三个晚上了，老头儿也该累了。”木丁贾心软了。阅读肯祖的日记是他在那处避难所中唯一的活动。拾柴、做饭、抬水，这些活儿男孩都会麻利地干完。他想将所有时间都沉浸在那些神秘的书页之中。孩子不禁自问：谁是日记的作者？那个倒在行李箱旁边、衬衫上鲜血淋漓的男人，就是肯祖吗？图阿伊的声音惊醒了他：

“我赌你又在想那些该死的日记了。”

“你怎么知道的？”

“你现在也没心干别的事。一看你我就烦。”

男孩用手摩挲着本子，仿佛在抚摸文字。他感到惊奇：他居然会阅读？还有什么本领其实他会但是并不知道呢？

“图阿伊，我想喊你‘叔叔’，你不要生气……”

“你有话就直说！”

“把我的事告诉我。在你捡到我之前，我是谁？”

“叔叔叔叔起来没完没了！我最烦这个词了……”

“告诉我吧，求求你。”

“你没有什么故事。我是在难民营里把你捡到的，看你爬来爬去，觉得你可怜，你当时腿都不会走路了……”

“你不认识我吗？不知道我是谁？”

“不知道。从来没见过你。现在不想说了，去把火熄了。”

孩子按捺住，没问下一个问题。为什么老人固执地不肯告诉他过去的事呢？他是真不知道吗？两人相依为命也有一段时间了。老人对他很耐心，简直父兼母职，尽管从不温言款语。俩人也很少交谈，从不浪费言语。图阿伊一再坚持，让孩子把火熄灭。他摆出理由：车里生火很危险。但木丁贾不同意，他害怕黑暗。小小一团火可以帮他战胜恐惧。死人的日记是一个好借口，让他不去面对黑暗。图阿伊铁了心熄灭了火，黑暗统治了一切。睡熟的人打着鼾，那是一种让人不安的声响，仿佛另一个灵魂在与他们应和。

过了很久，木丁贾突然吓醒。一样黏答答的物事在磨蹭他的脸，仿佛是蟒蛇滑不溜丢的肚皮。恐惧顺着眯缝的双眼往外窥视：一个怪物在舔他的脸。从下往上看，那脸大得吓人。那怪物活似一个星球，长满了角。此刻，太阳还未从地平面上升起。黑暗之中，图阿伊喊了一声：

“别动，孩子！”

男孩一动不动地等待着。那逐渐清晰的形象最终显露在他眼前：是一只山羊在他的脸上吃草。羊转着头，仿佛在研究它舔的东西能不能吃。图阿伊从座椅上起身，蹑手蹑脚地往前走，每一步都迈得小心翼翼。他从后面接近这只动物，狠狠地踹了它一脚。一声“咩”在夜空中扩散开来。

“哎！原来是只羊！”

“你以为是什么？”

“我以为是条鬣狗。鬣狗最喜欢啃人的鼻子了。”

山羊没有跑远。它摇着尾巴，从车里出来。图阿伊想把这只动物赶远一点，但没有成功。

“我去把它赶跑，叔叔。”

“去吧。但别老逮住机会叫我‘叔叔’。”

木丁贾站了起来。他走出烧得只剩骨架的车，捡起一块石头，朝羊扔去。羊往后跳了几步，留下一地脚印与羊粪蛋。但它依然没有跑远。

“算了吧。它就是想人了。我也开始想念山羊了。尤其是胃。”

“难道要把它吃掉？”

这样，新的争吵开始了。木丁贾反对杀掉山羊。这只山羊给了他一种感觉，他是在村落里生活，而不是在这个荒无人烟的地方。真让人无法相信，一头动物竟让他重温了人类的亲情。老人坚持烤了这只羊：随他去吧，等时间久了，这孩子就会多想一想吃饱饭这件事了。真饿极了，人也能变成兽。木丁贾从行李里拿出一根绳子：“我去把这头羊拴在附近。”

“附近可不行。远一点儿放了它。别拴绳。”

男孩皱了皱鼻子，打定主意绝不听从。他不希望羊跑了。他尝试在周围找到一条高度合适的树杈，好打个绳结。突然，他惊呆了：那棵树，那棵蒲桃树，前一天在吗？不，不在。如此独特的一棵树，他又怎么可能没注意到呢？那棵好看的矮棕榈又去哪儿了？前一天不是还在车的周围吗？居然不见了！唯一留在原处的是那棵猴面包树，还在挤压车辆的头部。真的能相信这风景的变化吗？木丁贾犹豫问不问图阿伊。老人又该鄙视他了，会笑得像条鱼一样，张着嘴，等着看他的笑话。图阿伊肯定会骂他是傻瓜。或者还会更不堪，会提醒他曾得过一场病，不但放逐了生命，而且放逐了童真。因此，木丁贾决定按捺不说。

他告别了山羊，围着那棵果树转了几圈，那树也在审视着他。他摘下一枚蒲桃，观察着这枚黑色的果子。日头已经升起，灼热的土地上，影子在不断缩小。太阳很大，但却永远只有一个。木丁贾想象着一个村子会是什么样。过去，那些村落想必是色彩斑斓的。在战争黯淡了所有希望之前，肯祖的村子肯定也五彩缤纷。什么时候色彩能够重新绽放？什么时候大地会变得如彩虹般绚丽？

然后，他用一根小木棍在地上随便乱画：蓝。他长久地注视这幅画，头侧着，歪向肩膀。难道他还会写字？他盯着自己的双手，几乎陷入了恐惧。他体内住着谁？这人会随着时间而来吗？这人会喜欢他吗？他也叫木丁贾吗？还是叫别的名字，一个同化的名字，用在身份资料上？

他再一次欣赏起自己在道路上写下的字。在那字旁边，他又开始写了。突然他想起了另一个字，没顾得上精挑细选：灿。他退后一步，审视着这个作品。然后，他想："'蓝'这个名字起得真好。因为它和'灿'的韵母是一样的，就像一对亲兄弟。"

倏然之间，有一些年代久远的声音传来，很像是下课时孩子们的叫喊声。男孩开始颤抖：这是第一波回忆。直到那一刻，生病前的事迹，他已全然不记得了。他大喊大叫地向车辆奔去。

"叔叔，叔叔！我想起来学校了！"

图阿伊狰狞地笑了一下。他假装没听见，于无所事事中消遣。男孩摇晃着他口中的叔叔，又说了一遍：

"我想起来了，我发誓！"

“你想起来什么了？”

“想起了声音，其他同学的叫喊声。”

“你听好了，我就说一遍，以后就再不说了：没有其他同学，什么都没有。听见没有？是我捡的你，你那时只会流着哈喇子在地上爬。我猜你生下来就这样。你生下来就和我在一起了。我不是你叔叔，我是你爸爸。”

老人狠狠地推开了那孩子，他倒在了汽车烧剩的废铜烂铁上。难道这是图阿伊拒绝叫他叔叔的理由？难道这是他从不和这男孩讲他过去的原因？男孩开心地笑了，他想用膝盖撑着站起来。他的身体突然瘫软了下来，又匍匐在地上。老人急忙奔向他，痛苦地问：

“孩子，我伤到你了吗？”

木丁贾瘫在地上，只能用头来说不。图阿伊坚持问下去：

“那么，你感觉好吗？那病又来了吗？”

男孩挺直了身体，看着老人。他的面容很平静，好像突然间长大了许多：

“如果你害怕的是这个，我可以告诉你：如果你是我的亲生父亲，我会非常开心。”

图阿伊发觉自己上当了，不由反击。他面色严峻：“孩子，站起来！为什么你要趴在地上像羊一样爬呢？”两人分开一段距离，静静地对峙。他们保持这个姿势，直到被丛林中传来的声音惊醒。男孩赶忙站起来，他想应该是有人在靠近。他作势要跑，无论来者是何人，他都打算自投罗网。但是图阿伊干脆地阻止了他的行动：

“不要动，孩子！”

“为什么？有人来了，是来接我们离开这里的……”

他话没有说完。老人的手掩住了他的嘴，强令他沉默。接着，在高高的草丛中，现出一头大象。大象拖动着身子，仿佛因为体重太大而疲惫不堪。然而，那蹒跚的步履之间，死亡的讯息也愈走愈近。实际上，可以隐约看见大象的背面有血在流淌。大象艰难地走远了。木丁贾感到胸口一阵剧痛。这头迷失于丛林的大象正是淌血大地的象征，多少个世纪已经过去，它犹自在草原上垂死挣扎。

“他们向大象开枪了。”

“谁啊，叔叔？”

“打仗的人。他们想把象牙卖到国外去。”

他们又一次静静地坐下。一种哀伤弥漫开来，甚至连图阿伊的歌声也无法冲淡。

“图阿伊叔叔，我在想一件事。但你一定会生气，我知道。”

“你想得实在太多了。你的病就不该全好。得一点儿病对你更好。也可以少烦我。”

“但是，叔叔，我就是想想。我做了一个梦……”

“别瞎想，孩子！生命那么短暂，你还想让它更惨吗？”

“不，叔叔，我在想……算了，我还是不说了。”

“这样最好。你别说了。”

木丁贾沉默了一会儿，他还想接着说。老人已经回到了自己的角落。

“我还是说吧。我觉得我是小六。”

“小六是谁？”

“小六，就是我读的那本日记里的小孩，住鸡舍的那个。”

“很遗憾，你不是他。如果你是鸡，我就把你的毛儿褪掉，做一顿咖喱鸡吃。”

“图阿伊叔叔，我在正经说话。”

“还是别说了，那样更正经。”

孩子真的不说话了，直到当天傍晚。天黑时分，他们重新走进汽车，准备睡觉。大象的声响又一次传来。远处一阵轰隆巨响。也许是大象死了，倒在了荒凉的大地上。黑暗趁机潜入了两位心怀期待之人的避难所。

“叔叔，我能生火吗？”

“去外面生。”

“但我想读日记。”

“去外面读。”

木丁贾捡了几根干柴，拿着肯祖的日记，走出了汽车。他在路边点着了火。之后，他舒服地坐下，准备读第二本日记。图阿伊的声音窜了出来：

“你不会一个人读，对吗？”

肯祖的第二本日记

世界天顶的坑

那天夜里，我离开了村子。此后，我的臂膀便一路带我前行。我总是沿着海岸线走，海水击岸，碎成点点白沫。有时，我也会踏上坚实的陆地，用纤绳拉着船向前。这样，我可以让我的小舟休息一下，它一路劈波斩浪，实在累坏了。绳端的小船宛如一头小驴，迎着波涛的起伏，在浪尖上奔跑。

旅行刚刚开始，父亲的灵魂便已纠缠上我。我往身后看，看到了船桨留在水中的印痕，它划出了两条水涡。这两道水痕是诅咒的记号，会向我施加惩罚。这样，我违背了不会留下任何痕迹的誓言。我想起占卜师的忠告，从座椅下方拿出一只死鸟。我借助于神力，做好迎战的准备。我在每一处印痕里放入一根白色的羽毛，有海鸥立即从羽毛中生出，在它展翅高飞的一刻，水涡消失无痕。我播撒下水鸟飞翔，抹去了我的痕迹。靠着这项技艺，我胜出了与幽灵的第一轮较量。

但是，为了全盘胜出，我还欠缺多少东西？我无法想象。因为我越往北走，奇怪的事便发生得越多。风多少次撕碎了我的船帆？我已经数不清楚。在那点点碎片中，有鱼儿诞生，绕着我的脑袋游弋。就连我的双桨也成了巫术的目标。木头开始变绿，上面长出了叶子，船桨变成了树木，我把它们放入水中，一松手，它们便沉入海底，完全忘记了自己的职责。我用我的手继续划水，因为使用过度，在我的手指间，长出了触目惊心的皮。在水中，我感觉那并不是皮肤，而是鱼鳞。我记起占卜师的话语：在海中，便成为海。我已经成为海：我变成了鱼，实现了他的预言。

然而，我真正的考验开始于坦蒂西科海滩，那里，海徐徐展开，就像一个蓝色的字。也许在那处，蓝色就是海水？那是个美好的早上，阳光也很赏脸。我推出小船，升起船帆，解开船锚。我坐在岸边，用壶喝水。然后，我登上沙丘，放眼望向这番壮阔。突然，我看见一只手从地底冒出。待全出来后，那手就像瞎子一般摸索向前，抓住了我的腿。我倒在地上，大声呼喊。终于，我挣脱出来。之后，我站起来，在沙滩上狂奔，直到再也跑不动。我停下脚步，跪倒在地，壶里的水洒了我一身。

我后来好了吗？我止住了颤抖吗？直到今天，我也说不清楚。我又怎么可能毫不筛糠地回忆起这些？因为，在那片沙滩上，又冒出了别的手，很多很多手。那些手宛如一根根肉桩，指头摇摇晃晃，如同绝望的鸟儿在讨要吃食。我承认，在那一刻，我哭了，就像一个孩童。

我停留在这片哭泣之地，直到察觉有脚步靠近。我抬起头，他在那里。这个人长什么样？我简直想不起来。他的形象不可描述，仿佛是罪孽深重之人，从地狱而来。他是希波骨，以我们的痛苦为乐的鬼魂。过去，我只是听人提到过，现在，有一只就站在那里，黑影弥漫，烟尘缭绕。他拿起铁锨，开始挖坑。沙变成了水，液体欢腾地涌出。不，我绝对不是精神错乱：有水溅到我身上，我感觉到了。只一瞬间，坑便已经挖好。

“进去！”

我相信这将是我最后的受难，不禁吓得尿到了脚上。然而，死亡是延宕的一瞬。那只鬼蹲下，对我说：

“你要知道：这个世界的地面是下面那个世界的天顶。以此往下，一直到中心，那里住着第一个死人。”

希波骨举着铁锨，在头顶上挥舞。他大声呼喝，几近于咆哮：

“进坑里去！”

看到我不听使唤，他便抓住我的胳膊，把我推了进去。他用了暴力吗？真是奇怪：他非常轻柔地抡起我，万般温存，简直是环住我的腰跳舞。我仿佛瘫倒在他的臂弯里，完全无法自拔。在我周围，一切都消失了。

当我从梦魇中恢复时，夜色已经降临。我惊醒了，身上全是沙子，头发混着沙粒，乱成一团。我只想离开这里，马上消失。我该走哪条路？沿着沙滩走已是不可能：梦魇的手依然在蹂躏我的恐惧。并不需要细辨方向、仔细寻路。盲人的光明终归在他自己手中。这样，我驾上小船，无论方向，随波逐流。我凝视着夜晚那漆黑的背景，在那里，海碰撞了神的脚。我任目光流连于这无尽之中，仿佛在那里，天国端坐于大地之上。据说，那儿的女人必须跪着舂玉米。

漫长的白日与无尽的夜晚，我都在划船。我用手臂推船前行。如果疲惫是突然而至的衰老，那我早已进入垂暮之年。我不知道过去了多少时间。夜晚我记得更清楚。我记得星星，它们是不肯睡觉的遥远比邻。我记得月亮，它放着光，宛如一枚勋章垂在夜的领口。我凝视着那星球与它的银辉。我的命途依然充满诅咒：月亮的角一直向上！父亲曾教会我解读月亮。

月亮的角一直向上，意味着不幸将继续纠缠我。我坐在小船上，如鸭子一般划水，纯真无邪，笃信神灵。这一切公平吗？我做了什么坏事？我回想自己的过往，是的，我犯过错，但初衷总是好的。谁的一生不是这样呢？又何必鸡蛋里挑骨头。不过，我一向遵循长辈的教诲，一直兢兢业业，想做个好孩子，顺从自己的命运。我驾的小船，曾蒙仪式赐福，我为它取了父亲的名字：塔伊姆。第一次下水时，人们依照传统，在我的小船上庆贺，我供所有人一顿好吃好喝。那么，为什么我的旅行会发生如此多的不幸？在我的内心深处，我猜出了答案。

“父亲，别这样惩罚我。”我哀求道。

周遭没有任何回答。只有海浪一个接一个打来。每一个浪里，海都会褪去衣裳，但又从不裸裎。我被困于这无尽之中。海水一向让我安心，我在水中就像蚂蚱卧在草丛里一样自在。然而，那一刻，困惑与不安却向我袭来。我产生了回返的愿望。我想去给我死去的父亲送饭。我想在村子里的无所事事中回归简单。我想念与苏雷德拉做伴的下午。在我的村子里，在雷同的日复一日中，时间不复存在。然而，成为纳帕拉玛战士的意愿支持我继续前行。我抖落那些诱惑我放弃旅行的想法。我们都知道，想法从来不是从人的心里产生。它发生于某个地方，是漫无方向无法聚拢的烟尘，正打着旋儿，寻觅着合适的灵魂。

接下来的那天晚上，夜黑得会让人丢掉鼻子，我可能做了一个梦。海停了下来，一动不动。波涛展平了，咆哮变作寂静。这是世界诞生之前的宁静。突然之间，出人意料的事发生了。溺死者从深海中浮出。他们浮到水面，欢快地吐着泡泡。我父亲也在他们之间，他和离开我们之前一样苍老。他叫住我，毫无感情地问候我。

“没把我埋地里这事你们做得好。地里死人早满了。”

我期待从他那里获得一丁点儿父爱，无论那有多么漫不经心。然而，他回来了，却没有一点儿表示，只是向我抱怨那个他搬去的地方。他对阴间并不满意。那里其实也没有什么平静：骨头无时无刻不在原来的身体里抢夺位置。一片混乱之中，骨头全换了位，一个人的骨头跑到了另一个人身上去。结果，很多支离破碎的怪物诞生了。

“孩子，你是沿这些野蛮之路而来吗？你不知道路上还有巫术没有清除吗？还是你就是想自讨苦吃？”

我正想好好回答他，告诉他我要加入那群刀枪不入的战士，我父亲却转身要走。即便在他死后，只有在我的梦里才把我造访，他还是如此无视我。我叫住他，提高了声音，解释道：我由自己的心意引导。是他教会我坚定心意。总而言之，我其实是在执行他那缄默不语的命令。然而，我的父亲，固执的老塔伊姆却矢口否认这是他的命令。他竟拿我和死人对比。死人以支离破碎的骨头行走，我以另一个人的灵魂行走。

“你要确定一点：这绝不是我的命令。我在阴间听到了你的脚步声。你到底想干什么？”

“我想帮助这场战争结束。相信我，父亲。”

他一脸鄙夷地笑了。我自以为聪明，竟找不到我命运如此多舛的原因？这一切都是他，我的亲生父亲，给我的惩罚。我的不安，我受的折辱，都源自于我没有遵守传统。现在，我在承受惩罚，它来自神，亦即我们的先祖。他开始抱怨他那累人的死亡：

“我是无人告慰的亡灵。没有人给我举行法事。没有人杀只鸡给我，也不给我送面粉。既不给我衣穿，也不给我水喝。我又怎么能帮你从这悲惨中解脱？你抛弃了家，抛弃了那棵神树，走之前也没有向我祈祷。现在，你得承受后果：我就是那个令你灵魂不安的人。”

“可是父亲，我每天都给你送饭……”

“头几个晚上，的确送了。之后我就再也没有见过饭。锅是空的，什么都没有。”

“被人偷吃了……”

“没人会碰死人的饭。”

老塔伊姆说：只要他的影子令我心烦意乱，我便不能实现任何梦想。我们的国家也遭遇了同样的悲剧，因为它也和祖辈形同陌路。我和我的国家承受着同样的惩罚。之后，他威胁我，既然我这么喜欢旅行，那么有一天，鹭鹰，一种会杀掉所有旅行的鸟，会出现在我面前。“它会张开翅膀，停在一棵巨大的树上。”他说。

“不，父亲，不要这样做。”

他嘲笑我的惧意。他耸了耸肩。他的肩膀太过瘦弱，抬起时，整个身子也跟着往上提。他再一次想走，但是又站住了，添了几句话：

“你见到鹭鹰时，记得呼唤我。也许那时我能听到。但是，不要忘了苏拉酒。没它我做不了法事。”

我不再谈这个话题，我害怕明天会发生的事。我不希望还未知道家人的讯息便从梦中醒来。我问起了我的母亲，她遭遇了什么悲惨的命运了吗？我父亲让我安心。他告诉我：最初，当他还在学习该怎样做个死人时，我母亲就仿佛已寡居多年。活着时他总爱偷腥，如今却忠诚于她一人。父亲虽然死了，但一直是她的丈夫，房子她给扫，三餐她给做。然而时间一久，母亲竟甩了他，又找了别人：她和一个活人结婚了。

“不可能。母亲没有结婚。”

“结了。你走后才结的。我现在一个人了，老光棍，老鳏夫。”

背叛并不会伤害他。他难过的是死了没人陪。我问他为什么不再找个老婆。他说已经在办了。灵媒已然给他求娶了另一个女人，她还生活在阳世。

“这么说，你有了个活人老婆？”

“是的。按照传统的要求，她已经病了。她家里人在看护她。现在，她已经属于我了，不能和别人睡觉，不管是活人还是死人。你可以帮我看着我这个新老婆。”

“这女人是谁？也是我们村的吗？”

“这个女人……她……算了，我自己处理吧。”

“父亲，让我帮你吧。我太想帮你了。”

“你会干什么？你除了做梦，什么都不会。”

“告诉我你新娶的女人叫什么。告诉我，父亲。”

他垂下头，好像不堪羞愧的重负。自认废物的痛苦在他的体内上下翻腾。最终，他讪讪地说：

“我撒谎了，孩子。没有什么女人。”

我生平第一次为父亲感到难过。我抬起手来，作出安抚他的手势，想慰藉他的悲伤。然而，突然之间，海又开始涌动了，宛如一匹巨大的布在迎风招展。我那无依无靠的小船被抛到一个不知姓名的沙滩。海马上要打完盹儿了。我父亲吓坏了：“我得走了！”

“父亲，再留一会儿！”

我希望他尽可能多待一会儿，抚慰我这颗当儿子的心。他同意再停留一会儿。我们坐在金光耀眼的沙滩上。我希望他给我讲一些他从不怀疑的故事。但是他却缄默不言，一如既往地沉闷。为了消磨掉这寂静，我拾起一根木棍儿，开始在沙地上划。沙土上的螃蟹洞星星点点。有时，螃蟹会探出长着天线的眼睛，偷看我们。但是，梦让我的睡意更深沉了，那是深长的熟睡，唯有童年可以给予。

“父亲，你还好吗？”

“还好。对我来说，死是好事。”

我请求他让我靠在他的怀里，从前我一直孜孜以求如此。他没有回答。与我过去的记忆相比，他仿佛老了很多岁。我期待着父爱，声音变成了小孩子：

“父亲，大地从不变老，为什么呢?”

“因为它躺着工作。它感到累的时候，已经躺在床上安静地睡了。我向大地学到了很多东西。你也应该这样。”

这是清淡如水的谈话，没有任何要紧的事情。我只想引开他的焦急，让这寂静停驻得更长一些。我又灌了一壶迷魂汤：

“不过，父亲，给我讲讲你当年给羊喝酒那事儿……”

想到母亲看到他给动物喝酒时气得要死的情景，他不禁迸出一阵大笑。没人理解他为什么这样做。

“为什么呢?”

为了让动物不会因为草料缺乏而受苦。可怜的羊骨瘦如柴，连角都饿瘦了。羊喝醉有两个好处：第一：不再受罪；第二：事先腌好。

“现在，我都嫉妒那些喝多的羊了。”

想到羊踉踉跄跄的步履，仿佛长了四条腿都不够，我们两个不由都笑了。笑容将我送入了天堂。终于，父亲要替我驱走恐惧吗?老塔伊姆最终会给我平静?我错了。我的美梦突然变为噩梦。父亲撕裂了他的笑脸，他的话语很苦：

“你在谎言之梦中把我编造出来。得给你点儿苦头：你再也没有做梦的能力，除非我把它点燃。”

之后，塔伊姆不见了。一切幻象也消失不见。我醒了。我感到很累，也许是因为没有死去。

第三章

木薯之苦

木丁贾与第一缕晨曦一同醒来。那个夜晚，他睡得断断续续。肯祖的日记占据了他的想象。直至清晨，他还能听到塔伊姆的羊喝醉后的叫声。他想起这些，笑了。老图阿伊犹自打着鼾。孩子伸了伸懒腰，走出公车。雾气太大，什么都看不清。拴羊的绳子还绑在树上。木丁贾拉了拉，想把羊拽到面前。这时，他才觉察到绳是松的。羊跑了吗？但是，如果真是跑了，又怎么解释绳子上的红色痕迹呢？

“叔叔，叔叔！有人把羊吃了！”

老人跌跌撞撞地走出来，腿差点儿被公车的台阶绊倒。他先停了一下，茫然地吞下几口雾气。随后，他逐渐肝火上升，手捂着头，怒气冲冲地问：

“谁让你把该死的羊拴在这儿的？”

他大声喊叫，简直想把天喊破。他抓住绳头，在鼻子前摇晃。木丁贾被这怒气吓呆了。老人这般大动肝火，到底是为什么？

“可能是鬣狗吃的……”

老人一把抓过男孩的头，用绳子使劲蹭他的脸。

“看看这绳子，坏蛋，快看！”

可怜的孩子根本不想看。老人钳住他的脖颈，狠狠地往下按，腰都要掰断了。“放开我，叔叔。”这一次，哀求奏效了，他跪倒在地上。

“你自己看，”图阿伊大喊，“是用刀切断的！”

木丁贾吓得汗毛竖立。到底是谁，怀揣白刃，守在那里？现在他理解了老人为什么发火。把羊拴起来，真是太引人注目了。

“但是叔叔，没人发现我们……”

“不要和我说话。”

图阿伊的火气整整一天都没下去。夜圆睁双眼，警示着四周。杀羊的人会回来吗？这些夜晚出动的偷袭者是谁呢？土匪？纳帕拉玛？还是饿坏了的人？无论是谁，都没有再回来。天亮以后，木丁贾走到老人面前，请求他原谅：

“我再也不会不听你的话了。”

图阿伊平静多了，他舒了一口气。“这辆烧掉的公车救了我们。”他说。然后又加了一句：

“来过的就不会再来了。可以歇一歇了……”

这样，他们又恢复了平和而单调的生活。为了消磨时间，他们把座椅搬到车外，放在道路中间。他们坐在外面晒太阳，待得比蜥蜴还久。木丁贾注意到周围的风景又一次改头换面。大地依然干涸，然而野草之上却挂着露水的遗存。对于木丁贾，那水滴中正孕育着绿意盎然。这一切便如同大地在期盼村落——佑护未来与幸福的处所。然而，莽莽丛林从不为不谙熟它秘密的人提供食物。饥饿开始抓挠两人的肠胃。木丁贾的肚皮咕咕作响。老人找他算账：

“饿了吗？不能啊，孩子。谁让你留下那头羊的？”

孩子瘫倒在地，仿佛又回到了生病状态。他一动不动，尘土满身，几乎和道路成了一家人。这孩子一无精打采，老图阿伊就觉得烦。

“你又忘了怎么说话了？都是饿的。知道该怎么做吗？用力往下吞。对，吞下口水，假装把吃的送进嗓子眼。这样，饿就被你弄糊涂了。”

老人亲身演示了一番。木丁贾没有反应。图阿伊突然对男孩的脸产生了兴趣，就像那儿有能照出他内心的反光镜。他人站了起来，声音也同时拔高，一起发了火：

“你还惦记着找你父母吗？不行！听到了吗？我不爱看你想

这件事。不要再想了。”

他在强行控制自己，否则会踢那孩子一脚。可以看到，他眼里闪过一丝狠戾的光芒，仿佛里面长出了牙齿。他掰断灌木树枝，猛推孩子正坐的椅子。

“我告诉你：你父母死了。是的，被匪徒用子弹打死了。所以我才不断和你说，让你放弃这个该死的念头。”

他转过身去。木丁贾看起来无动于衷，他的心似乎是胡乱画出来的。仿佛他早就知道，这一切根本不是新闻。或许，他并不相信老人的话。他待在那里，一上午都无精打采。中午时分，图阿伊摇摇他，告诉他，他们得往周围走一走。得赶紧找点吃的，还得储些水。

“你去不去？”

孩子沉默地站起身。俩人出发，男孩闷闷不乐地跟在后面。这是他第一次进林子，之后还会有很多次，每一次他们都不能离开公车太远。第一次进林子时，他们在里面艰难地走了很久。木丁贾害怕找不到返回的路。如果老人迷路了，再也回不到车上了，该怎么办？

“你怎么了？”

“我在想，要是我们迷路了……”

“要是我们回不去，也没什么损失。”

这是真的。食物已经吃光了，回到车上又有什么意义呢？不过，如果回不去，木丁贾会很难过。他自己也觉得奇怪：路边那堆破铜烂铁上究竟有什么让他如此牵肠挂肚？然后，他得出一个清晰的回答：是肯祖的日记，他每晚阅读的故事。他想念那些字，一行行，一串串，就像现在他们正在踏出的小路。

黄昏时，他们终于到达了一块旧日的农田。一切都荒废了。庄稼撂荒已久，呈现出深褐色。大地除去了一切衣衫，无望地等待着犁的亲吻。看到这幅景象，他们更饿了，禁不住打起了空嗝。老人坐在田边空地上，拾捡起周围干掉的木薯。这是仅存的作物，是干旱中幸存的唯一出产。他抖抖木薯的根，注意到外皮上有牙印。

"操！老鼠来过了！"

看木丁贾正要吃，图阿伊赶紧喝止：

"不要吃！"

老人急忙把木薯收集到一处，扔进了野草丛中。他走了几圈，平复一下紧张情绪。之后，他坐在男孩身边，对他说：

"孩子，我告诉你，就是因为吃了木薯，你才得了病。"

"图阿伊，都告诉我，和我讲讲，你怎么遇见的我。"

老人终于点了点头。他清理干净要坐的地面，因为他要坐上很长时间。然后开始讲述：他从遥远的故乡来到无家可归者的营地。一天晚上，有人让他去掩埋六个死去的孩子。尸体盖在一块旧帆布下，停在一间小房子里。没有人知道他们是谁，从何处来，家人又在哪里。孩子们赤身裸体，刚刚失去自保能力，衣服便被人扒掉了。图阿伊帮忙把尸体拖到一个大坑里。

他拽着那些冰冷的躯体，吃惊于体重竟如此之轻。他看着那几条蜷曲的胳膊，瘦骨嶙峋，如同树枝。突然，他骇然地细察起来：其中一个孩子的手指正死死地抠着地面。毫无疑问，这些指头正在拼命地攫住生命，不愿跌入深渊。这孩子是所有孩子中最轻最弱的一个，他依然有呼吸。

“住手！这孩子还活着！”

其他人面面相觑，一脸困惑。之后，他们继续拖动尸体：有个活人也于事无补。图阿伊请求他们高抬贵手，但其他人却视若无睹。没死的人将葬身于此，有去而无回。老人离开队伍，他没有勇气掩埋活人。孩子已经被扔进了坑，沉入了沙中。突然，他想起了一件事：

“不要埋他。他是我侄子。”

“你照顾他吗？”

“是的。我来管他。”

故事就是这样。刚开始，孩子只能发出奇怪的呻吟。一天天过去了，没有任何食物能给他吃，除了水。孩子仿佛只会蜷缩一团，成日呕吐，从头到脚都是病。不用弯腰，他就能咬到脚。图阿伊让他起来，用脚站立，他却根本坚持不住。他半死不活，得靠人搀着，才能站住。老人命令他：

“往地上看！”

木丁贾向地面看去，什么都没看到。脑子太迟钝，看不清东西。老人在指什么？

“你把影子搞丢了，没发现吗?”

这是真的。无论他如何倾斜身体，影子总是出不来。他的身躯仿佛沉没于永恒的正午。男孩发现了这点，因而颤抖不停。老人思忖：这孩子怕是没救了。但即便如此，他也没有放弃。那时，孩子还能说几句话。他的声音带着哭腔：

“但是，我……我得了什么病?”

“这种病叫‘曼塔卡萨’。你吃了发酸的木薯，就是那种很苦的，我们称之为‘马格拉’，放坏了就会有毒。”

“啊！木薯……我知道了。”

马上要发生的事，老人心里有数。但是，对于等在他面前的命运，男孩却一无所知。

“你的父母在哪儿?”

“我的父母?”

孩子懵懵懂懂，说话越来越困难。看到孩子如此羸弱，图阿伊感到他的头直沉到心里。他拉住木丁贾的手，向他保证：

“我不会抛弃你。不要害怕，我保证。”

图阿伊履行了诺言。疾病对孩子影响很大。他的身体里，重量荡然无存。人体机能几近衰退。孩子几乎不会说话，不会走路，甚至不会笑。他的最后一个问题是在那天晚上问的，当时，图阿伊看到男孩受的罪，不禁流下一滴泪水：

“你在为我哭吗?”

老人没有回答，只是耸了一下肩膀，算是否定。在他眼里，这孩子已经没有人形了，只是依稀像个孩子。他说话时吭吭唧唧，他的身形宛如走兽。

“你既然知道是毒木薯，为什么还要吃？”

老人问完，便已知道答案。太饿了。横竖是死，能多看一眼明天的太阳就是赚了。木丁贾没有回答，他请求图阿伊靠近一点儿。他的体力即将耗尽，口中流淌出最后几个词。此后，他将再也不能表达想法。老人低声叮嘱这孩子：死了之后，为了找到通往天国的路，他应该只走小路。大道永远不会引他到达天国。没错，他要寻找小路，云间的小径，很少很少人踩出来的。之后，老人再也没说话。心中的悲恸太沉，让他无法呼吸。尽管并不熟稔，但失去那个孩子，一时间集齐了百般痛楚。

“快把腿曲起来。不要直着腿死。”

老人帮孩子弯曲双腿，等待死神的来临。过了很久，孩子并未死去。发生的事与老人的预料正相反。第二天，木丁贾活蹦乱跳地醒来。他是一个重生之人，几乎完全健康。老人很是宽慰：他自己的孩子几乎没有给他留下记忆。他想念当父亲的滋味，仿佛又变成了年轻人。

“你叫木丁贾。”他做出决定。

这是他为长子取的名字。他去了南非的金矿，从此一去不返。

肯祖的第三本日记

马蒂马蒂，丰水之地

抵达马蒂马蒂海湾时，我已数不清经过了多少黎明。村镇安然卧于水的怀抱，仿佛在海诞生之前便已安居于此。在这个村镇里，我见证了一件非常奇特的事。无数人聚集在沙滩上，仿佛是海浪卷上来的杂物。真正的原因是：他们从内陆而来，那里屠夫已经宣布建立王国。人们逃到这里，匪徒也循迹而至，就像鬣狗在追踪垂死的羚羊。现在，那些无家可归者在此处安营扎寨，却没有土地来生产一丁点儿食物。他们应该已经生活了一段日子，七零八落的火堆与衣物暗示了这一点。看我靠岸，几个男人围住了我。他们想知道我是谁，从何处来。我大概解释了一下。然后，他们警告我：

“你最好从这里消失。”

我的小船甚至都不应该挨到陆地。我必须返回海上，人们这样告诫我。因为在陆地上，可怕的事接连发生。恐惧与威胁从四面八方冒出。不能相信任何人。政府并不会仔细盘问我，而是会立即把我抓起来。

我坐下，思忖着威胁的原因。他们向我讲述的一切激起我想了解得更多的欲望。人们叫来管理官原来的秘书，给我一个官方版本。男人出现了，很多自告奋勇的人把他抱了过来。他的腿细弱无力，甚至比不上狂风中摇摆的芦苇。人们帮他坐下。他抖着手，说：

“我叫阿萨内。”

天刚破晓，我几乎看不清那男人的身形。我现在向你们转述他的证言，原封不动地保留他讲话时的官腔官调：几天前，发生了一场毫无预兆的狂风暴雨，导致月亮丧失了感觉，完全而普遍的黑暗降临。

那一天，载运给这个省的捐赠物资的船本该到岸。然而，那艘倒霉的船撞上了刚长出来的礁石，所有的船员都消失于无穷的巨浪中。

当局立即开展了一场政治思想突击调查，肃清了阶级敌人。安全负责人总结道：那一晚之前，从没有人见过那些礁石。政府有关机构怀疑事故是原住民造成的，因为在此之前，本地人的行动便已十分可疑。管理官召开了一个相当公开的听证会，并宣布：

“根据具体情况并按照国家的各项法律规定，我们在调查人民公敌的行动。”

怀疑确实是有道理的。就连阿萨内也支持政府。礁石如此之多如此之大，怎么可能一下子长出？然而，更严重的问题在事故发生后才出现。因为，马上就有成千上万人乘坐着各种小得不能再小的船，趁火打劫那艘沉船，哄抢捐赠物资。当局曾试图拦截，但是还是管理官说得对，本地人有个人所共知的毛病：一向只看眼前，从不考虑长远。总是抖手的前秘书阿萨内回忆起了管理官，他几乎是哭着做完了发言：

“有时，我几乎放弃了你们，一帮乌合之众。我在想：真不值得，简直是在求腰果树不要弯下枝条。但是，我们要完成做地毯的使命：历史会在我们的背上把脚擦干净。”

返航的小船各个满载着衣服、食品和器物，然而，悲剧突然袭来。并不知道确切的原因，但一眨眼的工夫，所有的船都沉入了海底，直到今日依然不知所终。

此后，情况一发不可收拾，管理官秘书说，饥饿没法让人遵纪守法。很多人执着地去找那艘船，上面还有食物，可以拯救子女、父母和亲人。

正因此，鼓声连绵不绝，所有的海滩上都在进行神秘祈祷，人们召唤祖先，想要搞沉其他船只，这样，所载货品会散落水中，顺水流入饥民的手里。政府颁布了严令，拾捡沉船物品必须由政府组织。他们解释说，这只是为了能有序地发放漂流物品，会依照等级，先发给够资格的部门。

之后，又有奇怪的指令下达：不许跳舞，也不许举行仪式。一时间流言四起：把更多的船搞沉是个好事，而那些当官儿的却从中作梗。所有的官员都备受指责。有传言说，当官儿的想独吞捐赠物资。后来越传越邪乎了，说靠那些物资，当官儿的发了大财。

“必须迅速辟谣。为此，我将请求颁布级别更高的明令。若有任何贪腐的证据，必将严惩不贷。”

管理官以这番连立誓带吓唬的陈词结束了听证会。之后，为了杀鸡儆猴，管理官朝秘书下了手，指控他贪污腐败、滥用职权。阿萨内被捕入狱，为千夫所指。在监狱里，他惨遭毒手，后背遭木棍击打，双腿自我流放，不再忍受那深深折磨人的痛苦，腰部以下完全失去了感觉。阿萨内的手掌抚着不再工作的大腿，几天前，他才从监狱里放出来。他完全不知道该如何用手在地上爬。因此，他不断抖手，想整理干净这双曾翻看公文的手。

“这便是我们此刻受的苦。”前秘书以此作结。

其他人点头称是。我得当自己从没来过，早点离开，别等事情发生了，因为都能预见得到：中午之前，管理官会亲自过来，以武力清空海滩。因此，我得掉转船头，永远不要回来。

“我可以问个事吗？在马蒂马蒂，有没有一群叫纳帕拉玛的战士？”

阿萨内回答说有，不过是在内地。在马蒂马蒂，人们只听说过他们战绩彪炳、勇猛无敌。但是，无论是他，还是别人，都不愿再多说这个话题。他们最后劝告我：要尽早离开，要赶在别人发现有人从海上过来了之前。不然，我会被捕入狱，就像之前的阿萨内：一头替罪羊，会被人拔掉角，外面来了一个煽动者，正好落了管理官的口实。他们给了我船桨、清水和干粮，让我继续前行。

然而，离开之前，我在亡灵仪式上喝了酒，跳了舞。我尽我所能，帮祖先搞沉更多船只。我想稍微安慰一下这群可怜人。然而，我喝了太多太多酒。清晨时，我已无法控制身体。人们用胳膊架着我，把我放入船舱，用力推离了小船。我还记得，我把头发浸湿，以便看得清楚一些，再划上一段时间。后来，我睡着了，这一觉全在做梦。奇怪的是，父亲并未在梦中出现。他去哪儿了？

夜半时分，我醒过来，黑暗还未散尽。独木舟随浪起伏，酣睡于迷茫的海水中。我的心怦怦地跳个不停。有一个东西在召唤我，我不知道它到底是在我的体内还是体外。我在黑暗中寻觅，将目光投向远方。我看到了火光，在那里，茫茫海上，一簇火荧然闪烁。开始，我有点不信。水中怎么可能有火燃烧？之后，我确定了：我的眼睛没有骗我。我几乎可以听到火焰那无言的呢喃。我听得到它轻柔的爆裂，就像那些牧人在草原上点起的火把。

我犹豫着是不是该往火的方向走。莫非是我之前梦魇的又一个幻影？但是我的小船却自己动了起来，它开出道路，蜿蜒向前。恐惧侵入了我：我正飞速地远离陆地。

这时，天空遽然迸裂，失去依靠的云朵暴跌在大地上。闪电在我的小船上熊熊燃烧，雨倾泻下来，淹没了所有的风景。雨如瀑布，大地仿佛是一枚果子，衔在天空湿乎乎的口中。我的小船仿佛一具小小的棺材，随着死亡的节奏飘摇。突然，一只“超弟”落在我的船上，他是从天而降的矮人。由于撞击，小船开始打转儿，我几乎无法控制。我看着矮人，简直无法相信。我父亲曾给我讲过矮人的故事，他们会从无尽之处下落，从不管时间地点。

有一次，在林子里，一只“超弟”落到了他身上。这突然而降的矮人击中了他，差点把他砸成肉饼。我从不相信他的胡编乱造。然而，现在，就有一只从天而降，搭载上了我的小船。

“我来拿东西。”矮人说。

“什么东西？”我问。

“你不知道吗？一艘运载捐赠物资的船偏离了航道。”

矮人的眼睛闪着光，告诉我那个我早已听说的新闻：一艘巨大无比的船在一处沙洲触礁，就在这附近。货舱大敞四开，就等人去捡。那里什么都有：食物、衣服、锄头、石油、石蜡。我没法陪着他一起兴奋，他猜出了我的疑问：

“天上也缺东西，你都想不到。所以我才下来，找点儿衣服穿穿。”

我说出自己的看法：那片海很危险，有很多看不见的东西。我已经弄丢过一次桨了，不想再丢一次。

“胆子再大，都不会冒这个险。”我说。

“还用得着桨吗？你没看到船自动向前开吗？”

我不得不同意了。然而，谙熟海浪伎俩的是我。我听到海的咆哮声渐渐逼近，近处的海水在打旋儿。此处必定有巨大而危险的礁石。

“不等我们到跟前，礁石就会消失，大概是沉入海底了。”“超弟”说。

我不知道为什么我最终相信了他的鬼话。我心里根本就不能拒绝。“超弟”笔直地站在前方。他太矮了，看起来就像坐着。他在探路，仿佛黑夜的统帅。船服膺于他的指令：向左，等一下，慢一点，小心啊。

终于，大船露出了真容，就像一座黑色山丘，像一座铁塔林立的岛屿。海浪撞击着船舷，碰出点点白沫。矮人兴奋地大喊：

“看到了吗，肯祖？我们的财富就在那里。”

我们登上甲板，穿行于荒凉的过道。一艘船，如此空旷，如此孤独，真让人难以置信。耳朵听得到响声、命令、叫喊、呻吟，从墙壁、脚下、顶棚处传来。我向“超弟”大喊，希望他告诉我为什么能听到这些声音，但是海淹没了我的提问。我跟随着矮人，他走得毫不迟疑，仿佛熟门熟路。我们走进底舱，仔细查看这具幽深发霉的肚膛。这竟然是真的！底舱里面堆满了包裹与箱子。很多已经被打开了。虽然有不少货物被人拿走，但剩下的更多。矮人狂呼乱叫地走下通往舱底的楼梯。我提醒他小心一点，黑夜已经进入了船舱。但是，他一下子就消失不见了，剩下我独自一人，只有天在头顶，海在四周。

我站在那里，这条命途并不是我的选择，我被风与厄运裹挟而来。我感到渺小，无依无靠。我决定在甲板上随便走走，顺便等着矮人上来。听得见他的脚步在船的肚腹里回响。

我走过房间、客厅、无数的机器。这艘船简直比一个国家还大。黑暗靡集，重如千吨，耽搁了我的找寻。仿佛夜之中还有另一个夜，而我正在触探后一个夜的内里。突然，一声巨响从我身下千丈处传来。仿佛很多头牛在船舱里狂奔。我的心提到了嗓子眼儿，简直慌乱极了。我呼叫矮人，然而我的声音却融归入水。

“什么东西?”

仿佛是人在和鬼说话。突然，我看到了铁锚。甲板上，铁锚在舞动、扑腾、跳跃。铁锚松软无比，仿佛全然由鱼肉做成。它跟随看不见的鼓的敲击在扭动。我不敢相信，铁锚不可能随便起舞，是希波骨在作祟，就是那个在坦蒂西科海滩上现身的幽灵，这艘船被灵魂附体，不让外人进入。或者，是我父亲在搞鬼，让我知道他根本不想休战？突然，铁锚“哐当”砸落，那一瞬间，我恍惚觉得，躺在铁锚位置上的是一具人身。我一步步后退，不管那是人，还是别的什么，都不是我能管的。我急忙呼唤矮人，想赶紧逃离这艘中邪的巨船。

这时，我见到了那个女人。开始，只能在缆绳的间隙中看到一个模糊身影。难道是又一个鬼？后来，她的面容渐渐清晰可辨。我开始颤抖。我向前走了几步，想在昏暗中细察。月亮驱散浓霾，帮了我大忙。

“不要害怕。”我对她说。

她身上的湿衣服紧紧贴住肌肤。她的美丽让万物失去了名姓。我看着她的身躯，坚信衰老一定不会在她身上驻足。她的身体写满渴望，双目却没有神采。她的声音不加装饰，完全赤裸，仿佛不需要词语。

“我叫法丽达。”她说。

我坐在她身边。她沉默了一段时间，只是望着夜在茫茫大海中沉浸。之后，她向我发号施令：

“离开这条船。”

我坐着不动。在等什么？我不知道。这艘船倏然之间仿佛变成了久远之前的去处，让我想起我希望降生的房子。女人开始发抖，好像无力承受寒冷与害怕。她的双眼失去聚焦，双手试图摆脱身体控制。她跌倒在地，在绳索之间扭拧着身体。仿佛有看不见的生灵绑住了她，而她正在绝望地反抗。我起身帮忙，扶起了她的身躯。但是她暴烈地推开我。我又一次抓住她的胳膊，拉她靠近我。就这样，她成了我的囚徒，我感到她身体发烫。

我们僵持了一会儿。直到她恳求我：

"求求你，请听我说……"

唯有这一剂药能让她好转：讲述她的故事。我说，无论花多少时间，我都会听完。她请我放开她。尽管依旧颤抖，但已经好转很多。然后，她向我讲起了她的故事。

第四章

斯格雷托的教导

图阿伊又一次下定决心，准备探索附近的丛林。路上一个人都没有。既然战争还未结束，这样总好过有人沿路到此。老人总这样说：

“有些事，有一天一定会发生。但不能在这里。”他小声地补充道。

实际上，唯一发生的事是风景不断变化。但只有木丁贾能看到。图阿伊说，这是海市蜃楼，是男孩欲望的表现。也许是因为关在这里太长时间了，才看到了幻象。因此，他决定再一次出发，去寻找，尽管不知要找什么，也许是一点希望，一个脱离困顿的出路。

“你想离开，是吗？”

“是的，叔叔。这条路已经死了。”

“这条路已经死了？可你不知道，其实这样更好。路死了，我们不就安全了吗？”

“但是，我们这样就哪儿都去不成了。”

“这也意味着没人能来。”

老人合计着，争执下去也不值当。最好撒一个谎，善意的谎言。他会告诉孩子，他同意离开。之后，他会假装离开，实则在兜圈子。他们总会返回公车，回到出发的那条路。其实第一次离开公路，他就是这样做的。

那天下午，老人领头，假模假样地出了门。开始，他们沿着路走。这路他们曾居住数月，如今又变换了风景，草原仿佛梳理过头发，沿中间分了道缝儿。之后，他们转入小路，风景一片静谧，没有任何事需要紧急处理。然而，木丁贾并不感到平静：在树叶的窸窣声中，有危险在虎视眈眈，这是死亡，这不知疲倦的阴谋家，在窃窃私语。他们慢慢踏入罕无人迹的小径。图阿伊在前面开路，男孩在后面跟进。突然，世界垮塌，地面消失。图阿伊和木丁贾掉入深渊，困在一个巨大的坑中。在这样的洞中，黑夜躲藏起来，只把尾巴露在外面。

“我们在哪儿？图阿伊？”

“不要说话。应该是巨蛤的老巢，它专吃黑暗。”

他们呆呆坐着，渐渐习惯了空无。之后，他们的眼睛瞟到斜上方：洞中的墙壁上结了一张网。毫无疑问，他们落入了陷阱。只好等下去了。他们彼此交谈，以便牵制恶灵，它们总爱利用静寂，鼓动野心膨胀。

“叔叔，你知道我想起来什么了吗？我想起了法丽达。”

“是谁？”

“日记里的女人，肯祖爱的那个女人。”

图阿伊笑了，那是了然于心的笑，盛满了岁月的老辣。年轻时，关于女人，他会说心里话。现在，他不这样了：

“有的女人是雨，有的女人是雾。这位法丽达，想必是个美人儿，值得男人和她一同起不来床。”

木丁贾假装在听，其实在焦虑地研究洞中的墙壁，盘算用什么法子能出去。时间过了很久，依然没有解决的办法。俩人头挨着脚睡着了。木丁贾不安地做了一个梦。一个他从不能触碰的时代，影影绰绰地出现在他面前。木丁贾看到自己还是个孩子，正从学校里走出来。但是，他认不出任何一张面庞，就连学校也没有立面。模糊的声音向他涌来。有人在喊他！叫的是另外一个名字。他绝望地想听清楚这个名字。但是，声音渐渐失真，化为雾中的回声。然后，一切都化作烟尘，消逝在他的梦中。第二天一早，男孩最先醒来，地面弄疼了他的后背。前一个夜晚让他确信：梦是我们寄给其他生命的信。肯祖的日记不是由血肉之躯写成，而是由同他一样的梦所写。

清晨犹自扭捏，阳光眨了眨眼。突然，浓雾弥漫中，出现了一个身影。那是一个男人。木丁贾很高兴，呼唤着自己的同伴：

“图阿伊，醒一醒，我们得救了。”

有人闯入禁地令他们欢呼雀跃。他们打了招呼，却没有回应。微风吹来，浓雾消散，人影逐渐清晰：是一个驼背的高个老头，赤裸着身子，只披了一件长雨衣，比他的身量还要大。他一只眼紧闭，另一只眼圆睁。睁开的那只眼滴溜溜地转，一会儿向左看，一会儿向右看。他穿得虽少，但雨衣太大了，时不时会被绊到。他慢悠悠地观察，一脸不可置信。终于，他撒出一张网：他们被兜在网中，像鱼一样挣扎。接着，老人拉动他们。俩人慢慢用脚攀爬，洞口就在上面。总算出来了，但老头儿却没有放了他们。他扯着网，在地上拖，他俩困在里面，就像被捕获的猎物。终于到家了，老头儿却把网收得更紧。他一边用一只单眼紧盯着囚犯，一边说起了当地的语言。图阿伊权作翻译：

“他说要用我们播种。”

“播种？”

“你不知道什么是播种？他要拿我们去播种。他需要陪伴，想生出更多人来。”

“这老家伙疯了。他这是杀人。”

因此，图阿伊和木丁贾约好，俩人要装病。他俩呻吟着，又是吐痰，又是吐水。但老人却不为所动。他拿来一个铁罐，摇了摇，发出尖锐刺耳的声响。

“我叫斯格雷托。”

之后，他开始讲述自己的故事。他一面讲，一面摇晃着铁罐，仿佛在给歌曲伴奏。所有人都离开了这个地方，因为恐惧。土匪杀人放火，无恶不作。村子日渐寥落，所有人都走了，一个接一个。家里人劝他：和我们走吧，所有人都走了！离别时刻，家人苦苦哀求。而他却这样回答：

“我就像一棵树，死亡只是为了骗人。”

现在，面对两位不请自到的访客，他再一次说自己就像树木，都是每年重生。图阿伊跟得很费劲，这位孤独的村汉没有牙，说不清楚话。

“我老了，经历过了很多不幸。但是像这样的，我从未见过。”他摇摇头，悲痛不已。

“老哥，你伤心吗？”图阿伊问。

“我不伤心，只是累了。”

正是因为疲惫，他才不同时睁开两只眼睛。尽管如此，对于未来，老人却想得很深。他觉得只有一种方法可以赢得战争：活着，执拗地活在同一个地方。他不期盼什么幸福，也不想陶醉于甜蜜的回忆中。苟活于他已是足够。他要留下，守住这已成废墟的村庄。现在，他在诅咒离开这里的人。

“坏蛋！只配吃土！”

他义愤填膺，整个人都站了起来。之后，他拿访客撒气。他踢着网，骂他们："你们这群逃犯，你们的坏都在牙里。是牙招来了恶。所以我才拔掉了满口牙，都装在这个罐子里了。"他摇了摇锈迹斑斑的铁罐，牙齿哗啦作响，他笑了，对这响声很是满意：

"这是我的音乐。"

他抱怨个没完："今天，孩子还不等出生，就去撕咬母亲。你们看我屁股底下的这块石头：它好像死了，其实并没有。它在缓慢地活，无声无息，就像我。"他讲完了。之后，他又开始生气了。老人伸出手，嘴直杵在肺上：

"你俩都是混蛋，进地里去吧！"

木丁贾这下憋不住了。他大喊起来。仔细地听着图阿伊的翻译。为什么他不能按照古老的待客之道，好好招待客人呢？"实际上，"他回答，"这并不是我们这个种族的待客方式。从前的人怀着善意而来，现在的人却带来了死亡。"

男孩执着地解释他为什么来这里。他们和今时今日那些穿越丛林的人可不一样。图阿伊打断了他，要他安静。他如数念珠，娓娓道来，出现在这里有些莽撞，但十分必要。就连木丁贾也不知道他的同伴竟有这么大的能耐。图阿伊说起一个从未存在过的世界，那幅图景十分美好：

"我们的国家会拥有和平。我们，莫桑比克人，会亲如一家。我们会彼此串门，就像从前一样，脚踩在路上，不必担惊受怕。”

“真的吗？”没牙的老头问。

有枪声从远处传来，战争依然轰隆不绝。图阿伊激动地继续说：“听人讲过，在有些富有的国家，已经不用在地上挖坑了，把锄头直接埋进地里，柄上就会发芽，长出绿树。”

“我们也会这样。”他斩钉截铁地说。

但是，没牙的老头已经头倚着胸睡去，他的世界已宁静悠长，一如图阿伊的预言。听到图阿伊的话，木丁贾看起来很开心，吸引他的不是故事本身，而是其中的精神。听完图阿伊的梦想，战争的声响犹在耳畔，他暗想：“还没有发明出一种温和的火药，力量小一点儿，让人爆炸，而又不把人杀死。发明一种反其道而行之的火药，就可以生出更多人了。一个爆炸的人，可以把体内无穷无尽的人生出。”

有一瞬间，图阿伊仿佛是一位医者在安慰他的病人——世界。存在的间隙里，老斯格雷托在打瞌睡。看到他的身躯如此放松，让人忍俊不禁，仿佛看到一个孩子毫无防备的睡容。两个囚徒苦中作乐，将老人掉落在地上的叶子卷成烟卷儿。他们抽起烟，咂摸着滋味，仿佛自身便是这烟雾袅袅，他们抽起烟，仿佛时间在指尖化为烟尘，仿佛根本没有被网困住。图阿伊猜到了男孩在想什么：

“你信了我？做得好。我给你一个忠告：不要信任不会撒谎的人。”

那一刻，他们看见一只鬣狗，于暮色微茫中到来。开始不觉有什么，只感到草丛里一阵战栗，仿佛那丛幽绿在叹息。它慢慢现出全身，后腿儿支撑身体。之后，它孤零零地坐下，窥探着另外一边的世界。

他们的心揪紧了。这只看不见后腿的畜生来做什么？给活人带来厄运。这种动物只会干这个。鬣狗保持不动，嗅闻着气味。之后，他斜卧在自己的影子里，一边躺着，一边舔着嘴唇。它宛如家畜，一点不似野兽，这点让他们心惊。动物害怕人，不愿和人亲近，但这一只却躺在独属于人的地方。

“别信，孩子。这根本不是鬣狗。”

夜缓缓降临。冷风渐紧，寂静扩展至整个大地。木丁贾又开始抱怨了，那张网迫使他屈着身子，这姿势害得他身体疼。其实，疼痛是一扇窗，死亡正在外面虎视眈眈。他认了命，朝图阿伊靠去，想寻觅一丝温暖。但是睡意迟迟不来。从一个网洞里，木丁贾伸出了胳膊。他拾起一根木棍，在地上写字。

“你在画什么？”斯格雷托问。

“你的名字。”图阿伊答。

“这是我的名字？”

没牙的老头站了起来，围绕这个词转悠。他睁大了眼睛。然后，他跪倒在地上，把字词的周围清理干净。他驻足许久，如猫一般伏在地上，张大牙齿尽脱的嘴，对着地面笑。然后，那副失润的嗓子开始唱起一首歌，仿佛在祈祷。伴着这首歌，木丁贾进入了梦乡。不知道睡了多久，当他骇然惊醒，看到有白光在眼前闪烁。老斯格雷托正拿着一把刀。

“跟我走!”

他把图阿伊和木丁贾从网中放了出来。他们三人任丛林引导，到达一处遥远的所在。面对一棵大树，斯格雷托命令男孩做一件事，但他没懂。

“他让你写下他的名字。”

老人递给木丁贾一把匕首。男孩在树干上刻下了老人的名字。在这棵树上，老人希望繁衍出更多自己，生出更多的斯格雷托。老人激动地以手指抚过树皮。然后，他说：

“你们可以走了。村庄会存续下去，树的血中已经有了我的名字。”

接着，他把手指放入耳中，愈进愈深，图阿伊和木丁贾听到一声闷响，仿佛什么东西炸了。老人抽出手指，一股鲜血涌出耳朵，他渐渐萎谢，直至变成一粒种子。

肯祖的第四本日记

天国之女

“我叫法丽达。”女人开始了她的讲述。她的声音低沉，因为害羞而略带沙哑。我远远地坐着，眼睛看着地。在她漫长的讲述中，我就像一个影子，始终沉默不语，给她勇气开口。女人被词语遮蔽，直至天明。

法丽达是天国之女，注定一生见不到彩虹。不像故乡的其他新生儿，她从未被展示给月亮。她在承受一个亘古的惩罚：她是双生女，于死亡中诞生。族人相信，双胞胎预示着巨大的不幸。她出生的第二天，便有一道禁令发布：所有人都不许耕田。倘若锄头在这一刻划伤了大地，那么雨水将永远不再落下。

几天后，她的姐妹死了。她是饿死的。人们出于好心才这样做，只为减轻诅咒。她被埋在小小的圣林里，夭折的孩子都在那里长眠。她安放于破损的陶罐里，被播撒于地，却几乎没有为土覆盖。人们把她归葬于河畔，因为那里的土地永不干涸。这样，云朵才会将润湿土地的使命铭刻于心。

法丽达的母亲没有再生孩子。人们说，生产后，她再也不能清除不洁。也做过法事，但无济于事。人们烧了她的房屋，把她的东西都丢进了火堆里。母亲立在当场，她的罪是升入天国，唯有在那里，才会有双生子。她哭了，哭出女儿葬礼上无法哭出的一切。按照习俗，人不能在葬礼上哭，这只会招来更多不幸。没有人向法丽达提过她的姐妹。“你的姐妹？去姥姥家了，住在那儿了。”人们都这样小声说。

做完法事后，母亲被赶出了村子。她和女儿住在附近的林子里。从来没有人串门：家里人会来，但是躲得远远的。人们害怕传染，只在远处喊信儿。唯一给她们送食物的人是欧吉妮娅姨妈，这是一个下盘巨大的肥硕女人。她会与她们谈天，告诉她们其他人的消息。欧吉妮娅知道如何一个人生活，她丈夫奔赴了战场，不知正在什么地方等死。有一天，她给外甥女编着辫子，手指仿佛在讲故事，送女孩进入梦乡。突然，她的声音把女孩惊醒了：

“你的姐妹，你知道她在哪儿吗？”

“姨妈，我的姐妹已经死了。”

“骗人的！你的姐妹活得好好的。她没有死。”

她这般说。法丽达感到有眼泪在她体内生出，但她微微一笑，封住了眼泪的通道。姨妈总爱讲些没头没脑的事。

“你那根链子在哪里？”

她拿出项链。姨妈擎着项链，握住吊在链子上的小像。她问外甥女，知不知道这个木头小像是什么。法丽达不知道。在记忆还未抵达她的眼眸之时，这个项链就已经戴在了她的脖子上。

“这个木头小像是你的姐妹。你没发现它从中折断，只剩下一半吗？另一半你姐姐拿着，挂在一样的链子上。”

实际上，母亲拒绝听命于习俗。她假装杀死了女儿，其实把她交给了一个正因没有孩子而痛苦的行人。之后，就再也没有她的消息了。她可能有了另外一个名字，另外一具躯体，另外一种气息。她还活着吗？如果还活着，人又在哪里呢？

知晓真相后，法丽达总在梦中大喊，然后大汗淋漓地醒来。仿佛有根须迸生，挤裂了盛放姐妹的陶罐。她们生活在村里时，噩梦一直缠绕着她。

当时，村子不断遭受各种不幸的打击。地面无序地下陷，风在太阳里灼烧，吹干了泉水与湖泊。云朵吓坏了，纷纷出逃。饥饿与死亡登堂入室。大家说，这一切不幸都要怪母亲没有净化自己。人们于晚间举行仪式，求告祖先降些甘霖。鼓声充溢着黑夜，如石臼一般碾压着悲伤。

雨迟迟不至，人们来找母亲算账。一群半裸的女人闯进她的院子，都是那些往日淘洗水井的女人。为了举行法事，她们要找到一个生育了双胞胎的女人。她们要求母亲指出女儿坟墓的位置。法丽达跟随这群人，列着队来到河边。到了坟场，女人们将水倾倒在骨灰罐上，一边跳舞，一边嚎啕。之后，她们把母亲扔进一个坑，往里灌水。母亲哀求不已：放过我吧，我冷。

但是那群女人并没有手下留情。法丽达的母亲去过天国，倘若她浑身湿透，云朵肯定会积满水。最终会有雨降下。

“住手，她很难受。”法丽达大喊。

然而女人们并未收手，一直往那个可怜人身上泼水。后来，她们一边唱着跳着，一边走远了，只留下母亲一人，泡在深坑之中。法丽达走上前去，想把她拽出来。但是母亲拒绝了：她必须泡在坑里，变成淤泥，以偿还自己对所有人欠下的债。女儿守在坑边整整一晚。她为母亲唱了一首摇篮曲，仿佛母亲是个小孩，从女儿的肚子里分娩。法丽达累极了，睡了过去。

早上，当她醒来，母亲已经不在了。人们带走了她，她冻得梆硬，不可能依旧不洁。生法丽达时母亲流出的血，将不会再玷污村庄。这一天，大雨倾泻下来，种子与希望最终重归于好。

从那一刻起，童年法丽达成了孤儿。她长大了，自己安慰自己，无望地等待母亲回来。她相信，母亲有一日必将身覆悲伤的破衣重归故里。在梦里，母亲从深坑里出来，随烟尘升腾而起，手上捧着一个盛装小孩尸骨的罐子。她的手指宛如根须，后来变成了火蛇。火苗飞舞，接近法丽达，点着了她的胸。信念支持着她，多亏幻觉，她才能活下去。

再没有人关心法丽达，她返回了苟活者黑暗的世界。然而后来，人们又想起了她，因为求雨仪式需要双胞胎。人们命令她去抓胡蜂，这种黑色昆虫在农田里到处飞。她要把遇见的所有胡蜂都抓回来。整整一个上午，她都在盯着树叶看。她将胡蜂包在旧布里，向湖边走去。女人们跟在身后，身体涂满了草油，又唱又跳。

法丽达将胡蜂倒入水中，看它们的脚在水中拼命挣扎，最终死于非命。只有当最后一只胡蜂消失不见时，她才可以回头看。同时，女人们唱着羞人的歌，那种歌词完全不该从她们的嘴里听到。

等到所有的女人都走了，她下定了决心，一定要离开，这个地方已经厌倦了她。她奔向公路，除了衣服，什么都没带。她走啊走啊走啊！走了整整一夜，又走了一个上午，太阳高高挂在正空，一阵头晕目眩向她袭来，她失去了知觉，晕倒在地。

在一幢水泥房子里，她苏醒过来，发现自己躺在泡沫垫子上。有人把她送到一对葡萄牙夫妇的住所。罗芒·平托拥有很多土地，他的太太是维吉妮娅夫人，之后的很多年里，是他们在照顾法丽达，教会她写字、说话，改正她在老家形成的习惯。维丽吉妮娅，人们爱这样称呼她，是个好得不能再好的人，她坚持收养法丽达，待她如亲女儿。法丽达好几次想改称她为“母亲”，但是她不同意。你母亲不会喜欢的，她说。她用手编起法丽达的发丝，女孩的头沉沉入睡，远离了自己，远离了世界。她在此处荫凉中长大，在这里乳房坚挺，在这里变成女人。就在这间房子里，她平生第一次感觉到一个男人觊觎的目光。罗芒·平托在追逐她，他的手止不住找寻她。有时，当她晚上洗澡时，他会在窗外偷看。法丽达被团团围困，却无力反抗。她不能向维吉妮娅夫人揭发，更不能反抗罗芒的企图。

罗芒的欲望就像黏糊糊的湿气，在整幢房子里弥漫开。法丽达又是恶心，又是害怕。倘若不是维吉妮娅如母亲一般待她，使另外一个种族在她体内生长，恐怕她早对这幢房子厌恶至极。维吉妮娅、维吉妮娅娅、维吉妮妮娅：到底是谁？对于她，法丽达所知甚少。当手紧握成拳，从指间溜走的那一切才是我们想抓住的。她活得很慢，就像一滴眼泪。罗芒将她视为财产，想起来她时，她才存在。

“不许做！”

丈夫执拗地什么都不许她做，读书不行，唱歌不行，听收音机也不行。一切都是因为她一心想回葡萄牙。这是她唯一的愿望，是她做梦都想回到的起点：

“但是，维吉妮娅妈妈，为什么你不喜欢这个国家？”

“谁告诉过你我不喜欢？”

正是出于爱，她才要离开。因为她看到这块土地满目疮痍。这如同一根尖刺，把她的心扎得鲜血淋漓。她叹了口气，语带不安：多久究竟有多久！之后，她把手指放在唇上，示意保密，带法丽达走过长廊。她想让女孩欣赏那件绿裙子，它挂在那里，一切就绪，没有一丝褶皱。

“给回国预备的！”

她笑了，开心于美梦将在未来成真。她站在窗口，眼睛望着那并不存在的国度，只能在思念中描绘它的山河形胜。她向上帝乞怜，求带她去往另一个地方，她心心念念于此，以致越来越疯魔。法丽达很担心养母再也无法恢复神志清明。这位葡萄牙老妇爱用一支铅笔，在老照片上画其他的人物。有时，她会剪下一些人，贴到另外一些照片上，仿佛她可以挪转过去：

“你看，这是我叔叔。他过来看我们时拍的。”

她叔叔从来没有到过非洲。但是法丽达不敢揭破。她的生命由谎言构成，而重新组合的照片带来了新的真实。

有一次，维吉妮娅带着养女来到庭院，一起坐在巨大的芒果树的树荫里。蛇这种动物喜欢盘在芒果树甜甜的枝干上，她一向怕得要死。而那一刻，她却仿佛将危险置之度外。维吉妮娅慢慢地展开时光之卷，讲起了自己的故事。她事无巨细，一连讲了好多天。这是神经错乱吗？

“维吉妮娅妈妈，为什么和我讲这些？”

“因为我想让你给我写信。”

“写信？”

没错。法丽达得给她写信，装成其他人，装作从远方寄来。她这样去做了，每次都装成不同的家人，逐渐乐在其中。她完全想不到这有多么功德无量。维吉妮娅读信时会哭，是那种时断时续的大哭。法丽达听得心潮澎湃，简直认不出信的作者是自己。或是维吉妮娅自己编的，通过信重建了不真实。罗芒·平托从铁路酒吧喝完回家，看到这两个女人，在不对劲的时间里，幸福地相依相偎。他什么都没问，只是窥视，借机摩挲法丽达的大腿。他把手放在法丽达的肩上，偷偷抚摸。维吉妮娅好像什么都没看到，兀自沉浸于胡思乱想中。

但是，生命是一个胡乱指挥的权威：养母得了好不了的急病。她已经什么都不信了，就只相信自己编的那些。一天，她说：

“我要把你从这里带走。你不能和我们在一起。”

“母亲，你要带我去哪里？”

法丽达在颤抖，甚至没有觉察她在称维吉妮娅为“母亲”。也许是因为恐惧侵入了她的体内。

“法丽达，亲爱的，听我说。你母亲……我快要没力气了。恐怕明天我就不能再照顾你了。所以，我想带你离开这里。”

她的眼睛圆睁着，一眨不眨地看着女孩。那天夜里，她叫醒法丽达，用力牵着她的手，领着她走过漆黑的走廊。她拿下那条为回国预备的绿裙子，准备停当，下定决心：

“我们走！”

她们离开家，向教会走去。神父出来开门，他的身躯笼罩着从里面照出来的光。在维吉妮娅将法丽达交给神父的那一刻，女孩明白了，这场投奔是提前说好的。维吉妮娅向她伸出手，两人的十指紧紧相扣。身躯依依惜别，却无法说出那声“再见”。

“我会继续给你写信的，妈妈。”

“不用了，孩子。我用不着了。”

她走远了，背影在黑暗中渐渐退隐。那一刻，法丽达第二次成了孤儿。

她在教会生活了一段时间，住在一个安静的小房间里。她热爱学习，竭尽所能地读书。她沉溺于幻想，以此填充所有的时间。但是，这里缺乏生活的真实，也缺少她降生的世界的热度。这个地方让她的内心冰冷无比。其实，我们所有人，都想在心里与另一颗心相连，还自己出生之际失去的另一半。每个夜晚，女孩都要蜷起身体，叹息随之变得缓慢而圆润。因此，她萌生了不辞而别的想法。神父准许她离开，他的言语从不灌输是与非。“善产生于被允许的恶中。”他一向这样说。有一天，神父把她叫来。他理解她那深藏于心的愿望与不曾绽放的梦想。

“我知道，你想离开教会。对于你这个年龄的人，这里没有什么生气。”

没有必要否认，也不必想这到底是对还是错。既然这是法丽达的愿望，她就该回到生她养她的故乡。“世界没有任何用处。”他说。他最后说：“握住的拳头中空的地方，才是幸福的容身之所。幸福是强者的创造，供弱者臆想。”

返回村子的路上，法丽达经过罗芒·平托的房子。她想瞧一眼维吉妮娅，摸摸她善良的面庞，倾吐心中的思念。开门的却是罗芒·平托，眼神仿佛是要吃了她。

“维吉妮娅不在。她带一个病人去镇上了。”

他说，维吉妮娅当晚就回来。如果法丽达想等她，可以在从前的小屋里睡。法丽达犹豫地走进家门。有一股甜香飘来，那是院中番石榴树的味道。然而，那一刻，她却只想起了酸楚的过往。也许是因为维吉妮娅的不在让她心酸。其实，就算维吉妮娅对她再好，她也不能把这里当家。

卧室的门关上了，剩下法丽达一人。梳妆台的梳子上，还残留着她的发丝，卷卷的，就像母亲腹中的胎儿。她驻足于每一件物品，仿佛那些昔日之物眷恋故人，也于此刻认出了她。潮湿的墙上还挂着她的一幅照片，装在木质相框里。那是她唯一的照片，因此，她想把它带走。她把照片取下，看到在泛黄的纸上，她并不孤独。在她的面庞周围，画上了不同的人，有好多个，看起来在动，在交换位置。她笑了，决定把相框挂回墙上。这是维吉妮娅的杰作，这样一来，女孩的照片就活了。可能有很多次，她会把照片放在床上，编上一些故事，如此，养女便还生活在这栋老房子里。

已是半夜，维吉妮娅还没回来。法丽达累坏了，在床上沉沉睡去。她没有注意到房门在响。那个拖拽她的声音，那些她忘不了的行径，都没有让她醒来。是罗芒在她的床边转悠。他的脚步围困起她的害怕，仿佛在火上炙烤。寂静之中，她无望地祈祷。她过于信任这种求助，竟不再害怕可能发生的事。罗芒坐在床上，胳膊在黑暗中摸索。当他的手摩挲女孩的面庞，他感到了无言的泪水。这种悲伤让他欲火中烧。他覆盖住法丽达，每一次向前都让她痛苦难当。她的膝盖被拉到胸口，她变小了。窗外，月色温柔，猜不到屋中的仇恨已经沸反盈天。天使迟迟不至，罗芒获得了胜利。煎熬中，她问自己：上帝到底在哪？为什么要这么久？

她放弃等待，猛地坐了起来。她躲开身子，不让罗芒的口水碰到。罗芒大吃一惊，紧咬牙关，挤出了威胁。她这个种族的人应该有记性：最好不要反抗，想也别想，做也别做。这个葡萄牙人雄风大展，蹂躏了她整个夜晚。他流了很多汗，黏黏糊糊，就像一只癞蛤蟆。那汗水仿佛是一种证明：这个男人是一个异乡人，被逐出了自己的世界。他在故乡做爱时，会少流点汗。但是，他迷失了方向，就像蛤蟆远离了水塘。他如蛤蟆一般睡在她怀里，鼾声如雷。她推开这具沉重的身躯，仿佛推卸了罪过。

天亮了，她拿起包裹，走进茫茫的晨雾中。雾气潮湿，仿佛细雨。她哭啊哭啊。她想以眼泪为索，绑住悲伤。她召唤所有的恨，去恨那个强暴她的男人。但是仇恨并没有来。都是她的错，因为她一再徘徊于两个世界之间。最终，她必须返回故乡，任时间平复她的创伤。但是，其实她知道再也无法返回她出生的世界。欧吉妮娅姨妈看到她回来，便发出了质疑：

“孩子，你不该回来。”

村民们应该不想见到她。她走了，又回来。走时是村中少女，再回来已是客身。既然已经离开，断了联系，就不该再回来刺激众人。因为她会让留下的人痛苦。衣服里的蚂蚁才让人真难受。

待在村中的几个月里，一件可怕的事发生了：她的肚子大了，一个孩子正在她的体内生长。这个孩子不会拥有该有的肤色：他肯定是个黑白混血儿。欧吉妮娅姨妈提醒她：“不要说出孩子的真实血统，就说他得了白化病。”他长成这样，是因为在娘胎里被闪电劈过。这就是迷信认定的白化病的原因。

“但是，姨妈，”法丽达不同意，“要是我说这孩子是白化病，就等于又给了一个把我赶走的理由。”欧吉妮娅很清楚这谎言的代价。没人会用法丽达的杯子喝水，女人在路上再也不会和她打招呼。她本就已经是双生子，再生个白化儿，简直比麻风病人还招人烦，注定一辈子孤苦伶仃。

“你受苦总好过孩子遭罪。”欧吉妮娅坚持道。

孩子出生了，而母亲却没有随之诞生。法丽达从来没有把他养大的想法。她前往教会，送走了孩子，仿佛他是无人认领的包裹，是生命的一个差错。从此，他留在教会，她再也没有见过他。他大概死了，或者被土匪掠走，成了杀人凶手。她想见到儿子吗？不知道，对她来讲，谈这个问题太难了。因为，如果说回忆是对她的惩罚，遗忘却只会带给她痛苦。她不能提儿子的名字，不然，他会来到她的嘴边，为了冲出来，把她的嘴唇炸成碎片。“这个孩子在我体内，是我多出来的那一部分。”法丽达这样说。她接着补充：“我把他揣在体内，就像果实拥抱着果核。我是他的果肉，从他的体内诞生，被他的身体推出。我渐渐成熟，直到坠落于地，被虫吃掉。这就是我的感受。”

此刻，这个女人靠在这艘旧船的缆绳上，倾诉着这些痛苦的记忆。儿子是一个结，所有的过往皆联系于此。有一阵儿，她想回头，把儿子找回来。一个美好的下午，她去往教会。井边坐着一位白人修女。她叫露西娅，是刚来的。她看上去很善良，能一眼看出别人的悲伤。她在用绳子拉一只水桶，桶太重了，她觉得疼。法丽达主动上前帮忙。在她拉动水桶时，露西娅静静地看着她。修女接过桶，问道：

“你真美！你是从哪来的？”

法丽达想说话，却什么话都讲不出。她不想提儿子，这个动机仿佛不纯。她真的爱那孩子吗？法丽达问自己。如果她真的爱，她将不会欺骗自己。战争造成了一个后果：一切都会变成真的。人们置身于边界，死亡与生命同样危险，时时换位。露西娅修女坚持不懈地询问法丽达的来意：

“我是来说话的，修女。”

她终于打破了缄默，但隐藏了到来的真实原因。

“说吧，我的孩子。”

“修女，求求你，给我讲故事吧。”

修女惊呆了。法丽达解释道：她想了解世界的情况，想听听她不断梦到的远方是什么色彩。她并不在乎到底是真是假。这样，修女慢慢地讲起了故事来，仿佛猜中了她所缺乏的想象。当修女停下时，已是下午，太阳正斜照在阳台上。大地忍受着夕阳的漫溢，田野里种满了橙红的微尘。露西娅没有力气再讲下去，她的声音失润，败给了真实的力量，来自于全然不同的现在。

“你们那里也打仗吗？”

法丽达点了点头。她感受到战争，陷入了沉默。突然之间，夜色向四面八方扩散开来。终于，法丽达表明了心迹。她想找回孩子，重生为母亲。修女温柔地注视她良久。

“你儿子是加斯帕尔吗？”

她猜中了。有那么一刻，法丽达害怕她出言反对。但修女只问了她是否有条件养大孩子。法丽达回答说没有，但是她不能等有条件时才来。修女赞同地点点头。然后，她说起了加斯帕尔那无尽的忧伤，深深嵌在他瘦弱的肩膀里。一个孩子，不该如此压抑。在他脸上从来看不到笑容。只有在夜里，当他睡熟了，才会哈哈大笑。那笑声会冻住所有听到的人。露西娅修女是唯一一个能在这个时刻走近他床边的人。她站在床头，听他恢复平静。

法丽达深深地吸了一口气。修女的话增添了她的悔意。罗芒强暴她那一夜的疼痛卷土重来。在回忆里，她的神经被撕成了碎片。

“我不知道你儿子是不是想见你。很多孩子不愿见父母。我们得知道加斯帕尔的想法。你等一会儿，我去叫他。”

法丽达吓了一跳。她恳求修女别这样做。她还没做好面对儿子的准备。她跳起来，急得直转圈子。露西娅握住她的手，给她带来平和。

“等一等，我去和他说。我们约在明天，你在桥边等我们。”

法丽达准备赴约，仿佛是去订婚礼。她小心地穿戴，精心梳理了发型。她等在桥边，心情仿佛小鸟展翅。过了约定时间，儿子却没有出现。然而，自她来到桥边，一种奇怪的感觉便慢慢地侵入到她心里。在桥的另一侧，灌木的后面，有一个人影闪闪烁烁，好像在偷看她。

“加斯帕尔？”

她本想喊“儿子”，但是喊不出口。她无权使用这个词。灌木丛的叶子一动不动。法丽达告诉自己，这是幻觉，并没有人偷看。天黑了，她准备回去，这时，她碰到了露西娅修女。

“加斯帕尔从教会逃跑了。”修女说。

法丽达再也没有听过儿子的消息。很多年过去了，在她心里，儿子依然是个孩子，在无人佑护的密林中逃跑，希望找到没有生出的那一部分。因为这个孩子，她哭泣时只能流出奶一般的泪。白色的泪挂在黑色的皮肤上，当她用手去拭，泪在她的指尖变得滚圆，就像耀眼的小小太阳。

即便在此刻，她向我倾吐了一切，依然在同泪水抗争。她已讲到了结尾，声音坚定，犹胜平日。

“请继续。”我恳求她。

从那时起，她便希望实现一个长久的梦想：离开这里，去往一个比所有的地方都要遥远的所在。当她得知有船遇难时，就加入了渔民的队伍，向事故发生地进发。渔民竭尽所能地劫掠，货品装满了小船，几乎要溢出来。最终，他们对她说：

“我们不带你回去了，没地方装你。”

他们用人换了物品。然而，法丽达却一点都不伤心。而且更奇怪的是，她长出了一口气，这简直是命运的馈赠。首先，她在陆地上已经没有了容身之处。其次，除了最早的那批渔民，再没有人能登上这艘船。沙洲四面，巨浪滔天，仿佛在守卫船的孤独。对于法丽达，这里是通往另一种人生的换乘站。她确信一件事：船的主人会取回他的财产。一艘比村子还大的船，不可能就这样扔着。它的所有者一定会来找它，这样，他会遇上法丽达，而她那时已做好了准备，可以踏上旅程。

法丽达突然停下，陷入了沉默。她起身走到船舷处，望着大海，不发一语。我知道我该走到她身边。实际上，她想让我看一样东西。她指向黑暗，对我说：

“看到那片阴影了吗？那是一座小岛。岛上有一个灯塔。现在不能用了。它累了。当灯塔再度照亮黑暗之时，这艘船的主人就会找到返回的路。灯塔的光就是我的希望。它熄灭了，会再亮起，就像我生存的意愿。”

我装作看到了岛屿。在我眼前，只有夜色茫茫。但是法丽达如此言之凿凿，我根本不敢反驳。她最后说的话，我要用精确的语言记下。我无法描述她的面庞，澄澈的月光下，那张脸在光的花瓣里安放。法丽达是这样说的：

“这就是我的故事，不知道为什么讲给你听。现在，我讲累了。往下讲会很危险。也许我会失去思维能力，我的回忆会同你的回忆混在一起。你觉得我在胡言乱语？肯祖，听我说：你知道是谁把你引到这里？你不相信希波骨吗？我就是希波骨。人们教育我，要剔除我的这一部分，但正是这种信仰，滋养了我们这个种族。现在，并不是说要你相信他们，相信那些鬼魂。我知道我是其中一员，一个到处游荡的鬼魂，因为不知道如何和你们这些活人区分。在你的世界，我们是阴影，你从来听不到我们的声音，因为我们生活在大地的另一侧，就像果实里面的虫子。而你在果壳之外。我在另一侧见过你，但你的线条是水做的，你的脸雾气沼沼。是我把你带来，是我把你唤到这里。当我们希望你们这些人，这些属于光的世界的人来到这里，我们会在世界的天顶种下一粒种子。你是我们播种下去的，因我们的意志而降生。我知道你会来。等你很久了，肯祖！”

第五章

造河者

木丁贾放下日记，陷入了思考。老斯格雷托的死纠缠着他，让他困惑不已。如果老人只是单纯死去，他倒不会感到沉重。难道我们不正习惯于此，直至自身终结？人终有一死，就像河流汇入大海：一部分还在生出，而与此同时，另一部分却已进入了无边的阴影。然而，斯格雷托的死中有一根尖锐的刺。所有的村庄都随他而死。祖先们成了大地的孤儿，活人们失去了永续传统的处所。不是一个人消失，而是整个世界。

这一切悲伤与图阿伊全然无关。他们俩一起坐在一棵鼻烟盒树的树荫下。风吹过，树上的果实互相碰撞，击出多样的鼓点。风景又一次变换了色调与大小。树变矮了，但是结的果实变多了。湿气越来越重，附近应该有水源。那天清早，他们离开了公车，但一直在兜圈子，避免距离住所太远。老人做个手势，两人回到路上。他在前面走，轻柔如飞鸟。他一向这样走路，下脚狡黠，蹑步如猫。不过，这一次，他心情不错，竟回忆起了从前的那些风流韵事。

“木丁贾，如果有一天你要结婚，一定要找个丑媳妇，这样，别人不会嫉妒你。”

千万不要学他的表弟拉法埃朗，倒是娶了个漂亮娘们，但是他天天找茬。今天抓伤她的脸，明天剪了她的头发，后天烧了她的皮肤。可怜的女人，成天出来吓人。

“天啊！太坏了！”

“是啊！都是那女人惹事。”

突然，有声音传来，打断了两人的谈话。好像是人的声音，从小山之后传来。两人小心地爬上去，原来是一个男人，正在山坡的另一侧奋力挥锄，想挖出一个巨大的坑。那坑又深又长，仿佛想把世界分成两半。

他俩喊了一声，希望他注意到他们。那个陌生人在坑底做了一个手势，示意他们等一会儿。他慢慢地往上爬，迟缓如一条蛇，在寻找自己的足。越接近出口，越爬得娴熟。他不做解释，奔向图阿伊，两人热情地拥抱在一起。木丁贾一头雾水地旁观了这一幕。

“这是尼亚马塔卡。殖民时期，我们一起干过活。”

他们依照故乡习俗，绕着手指转动手掌，彼此致意。两位老朋友坐下，回忆过往，倾吐心事。

“木丁贾，你知道吗？我们俩给同一个老板打工。”

每一位都抽扯出自己的记忆，任其轻轻流淌，嘲笑着悲伤的日子。男孩把他们召唤回现在。他想知道是什么在激励尼亚马塔卡如此努力地挖坑。

“我在造河。”那人回答道。

男孩和图阿伊都笑了。但是，这个人却信心满满，他是认真的。是的，那深深的河床里必须有一条河流淌，直至汇入无尽的大海。河水将安慰无数的干渴，滋养游鱼与大地。希望与未竟的梦想会沿河前行，这将是大地的分娩，从这里，人们再次守候生命。

他有信心，开始在自家房子下挖掘。墙塌了，天花板掉了下来。家里人从房子中撤出来，怀疑他脑子有病。亲近的人走光了，不亲的人发火了。凡人竟然敢挑战神明！神创造了世界，是为了让世人尊奉他，可不是为了让人改造他的作品。但是尼亚马塔卡不愿放弃，还是没日没夜地挖掘。他一点一点向前挖，蜿蜒于山谷与山巅之间。他的手无数次鲜血淋漓，结出老茧又蜕皮新生。现在，他坐在河边，骄傲地守卫着自己的杰作。他指着坑底：

“你们看，已经有一小股水涌出来了。”

根本看不到有水。只有无数汗水，渗入到坑底的沙里。但是，我们是访客，不好提出反对意见。

“河叫什么名字？”

他给河取名为“母亲河”。因为这条河将自愿变成一个温柔无比且绵延不绝的造物，它永远不会怒气冲冲地涨水，也永远不会在地面上干涸。河水会将战争隔绝在外。无论是人还是船，只要带上武器，就会沉入水底，永远不能返回。死亡被挡在另一边。河水会荡涤大地，抚慰它的伤口。

“你，木丁贾，不要感到奇怪。其实，尼亚马塔卡是在完成使命，就像他的父亲。”

图阿伊征得造河者同意，讲起他父亲的故事。他父亲形只影单，时常自怨自艾：真不如随便找一个伴了！他住在一条大河的岸边，那河如此宽阔，衬得对岸的一切如此渺小。生活让他痛苦，一个人过不下去。这个广阔的世界竟没有另外一个人吗？直到有一天，在河的对岸，他好像听到了一个声音。正是起雾的时节，雾气浓重。老头儿站起来，朝远方看去。河的对岸，有一个朦朦胧胧的人影。父亲也在这一边喊了一声。他完全听不懂另一个人在说什么，但是，在幻影消失之前，他要热烈地回应。那些天里，双方一再对喊，在声音的冲撞中，两人彼此转换，尽管没有一个词能听懂。老人每天都在期待呼喊那一刻的到来。然而，有一天，另一个人却迟迟不来。一阵颤抖袭来，激出他的伤悲。对那个陌生人，他有太多的爱，就像怀念未曾出生的兄弟。突然，他有了一个预感：难道，前几日，另一个人是来告知他会发生什么灾难？或者，另一个人病了，需要朋友出手相助？

因此，他决定制作一个筏子，很快就造好了。他将筏子放入波涛，准备穿越湍流。走到半路，他发现自己未免太过莽撞。浪越来越大，之前他从未见过。木筏抵抗不住，巨浪仿佛想看这船是由多少根木头造成，把它冲得稀烂。河水张开大嘴，吞没了小船。尼亚马塔卡的父亲沉入水中，命在旦夕。然而，就在这一刻，他看见一条小船正朝他的方向驶来。他仔细一看：正是河对岸的那个身影，从对面出发，赶来救他。一双有力的臂膀将他拉上来，他湿漉漉地坐上了船。直到雾气与遥远消弭于无形，他才发现河对岸的人是一位容色灼灼的女子。其余一切皆在安宁不语中发生，仿佛既在咫尺便不必再听呼喊。两个完整的生命被弃于一条没有方向的船，彼此的爱是唯一要义。

“我在船上出生，我是河之子。”尼亚马塔卡以微笑为这个故事作结。

他接着讲课：河并不会把活人的命运分隔开，而是去缝补。他的出生便是证明。现在，他在造一条河，以此补偿比过去还要久远的时光。也许这条因为他的执念而生出的崭新水流，会将梦想重新带回这片不为人爱的大地。

“我们给你帮忙，尼亚马塔卡。”

木丁贾觉得这个计划太过疯狂。最好是干脆不理尼亚马塔卡，管他说的是真是假。他和图阿伊还有其他计划，不能被不真的东西带偏了。图阿伊不同意。他觉得应该帮造河者一把。图阿伊辩解说，这样做有一个好处：或许他们可以用得上这条新生的河流，这样，他们的旅程会缩短，少受点罪。

“我们不要在路上等了。我们自己造路。”

木丁贾同意了。他们在坚硬的土地上挖掘了很多天。进展不是很快，因为迎面遇上了一片石头地。男孩的手掌鲜血横流，不禁对这样的牺牲产生了怀疑。造一条河？还是大海聪明，从不对抗礁石，而是拥抱它。木丁贾改变了主意，他私下里找图阿伊商量，想让他认清尼亚马塔卡，这人就是个疯子。但是老人不愿意听。

“对不起，木丁贾。尼亚马塔卡不是疯子，不是。人和房子一样，得看里面！”

这天晚上，雷声乍起，带来前所未见的炸裂。风雨越来越大，就像面包在烤炉中膨胀。那一夜闪电不辍，猝然的光丝将夜空编织得密不透风。大雨倾盆而下，宇宙仿佛融化。三人徒劳地寻找避难之处，不小心跑散了。男孩呼唤大家聚在一起，他们三个手拉着手，分担无法控制的恐惧。突然，尼亚马塔卡猛然警觉起来。他指着忽隐忽现的地面。那里有一条沟正在被灌满。

“是河，是河！”

尼亚马塔卡欢喜于这条河的诞生，仿佛那是从他的血肉中生出的果实。他松开另外两人的手，想靠近那光彩耀目的滚滚热流。他举手向天，祈求降下光明。他想抚摸这个刚刚出世的作品。木丁贾与图阿伊提醒他小心一点儿，但是他满心只想赞颂他的后代。唯有在短促而断续的闪电里，才能看清他抽搐的身体。抽泣之中，发生的一切构成了回忆。尼亚马塔卡跌入了湍流之中。图阿伊和木丁贾想抓住造河者的身体，但是流水又一次魔性大发，暴涨起来。另外两人的哀求与天空的雷鸣及河水——他的后代——的奔流声混在一起，尼亚马塔卡消失于这一切之中。图阿伊依然不放弃，希望看他浮起，但是河岸轰然垮塌。河床与草原分不清彼此，泥土顺着湍流逃走。如果人的杰作曾存在过，也不过是一条昙花一现的河流。

雨执着地下了整整一个早上。为了不被冲散，木丁贾与图阿伊手挽着手随波逐流。中午时分，雨停了。太阳直直地挂在天上，仿佛是在复仇，一瞬间晒干了草原上的水。大地吸吮着洪水，连最小的水坑都不放过。在这无法置信的场景变换中，干旱再一次统领一切。几个小时之前，水还在逞凶，而如今，尘土却染黑了空气。听得见时间在石头上刮磨着骨头。茫茫草原上，大地毫无呼吸地躺倒。风的尾巴盘旋着，向远方刮去。甚至是那些从不提要求的野草，都越来越难过。

看到这幅景象，木丁贾不禁思考。一个追梦的人死了，大地在为他哀伤，就像他的未亡人。图阿伊兜着圈子，想找到返回公车的路。男孩对老人阅读石头与叶片的能力坚信不疑。没人找得到路的地方，图阿伊却可以向幽径致意。丛林是他的城市。

然而，现在，两个人仿佛失去了方向，一直在胡走瞎逛。饥饿提出果腹的要求。一天又一天，他们始终在兜圈子。木丁贾不禁怀疑起他的向导：

“我们迷路了吗，图阿伊？”

“迷路？绝对不会，孩子。”

他一边想，一边说。究竟什么是迷路？很多人自以为方向正确，结果却是一出生便走入了歧途。他喋喋不休，也许是在转移孩子的注意力，让他不要太把目的地当回事儿。时间匆匆而过，黑夜降临了。两位行者露天躺下。老人睡不着。

“叔叔，你还没睡吗？”

“没睡。我睡不着。”

“因为那个造河者吗？”

“不是。我都想不起来他了。我想听故事。”

“什么故事？”

“你读的日记里面的。那个叫肯祖的差不多都和我们一起过日子了。”

“我把日记留在车里了。不过，我已经读完了下一本。我可以给你讲，几乎都在我的脑袋里，一个字都不差。”

“慢慢地讲，不然我理解不了。如果我睡了，你也别停。睡觉时我也在听你讲。”

肯祖的第五本日记

誓言、承诺与欺骗

法丽达在船长室睡着了。我睡在外面，在缆绳和旧帆布之间躺下。矮人没有从底舱出来，还在守着捐赠物资。有个事很奇怪：法丽达看不见矮人。而且，她根本不相信矮人的存在。我指向下面的底舱，隐约可见矮人暗淡而微小的身影。她笑了，仿佛我在闹着玩。我让她注意听矮人弄出的声响，她回答说，那不过是海的回音进入了船里。我便放弃证明矮人的存在。实际上，连我自己都开始怀疑。我走下底舱，想证明矮人还在那里。我呼喊他寻找他，翻箱倒柜，不放过任何角落。矮人不在。

一点痕迹都没有。难道法丽达是对的？难道只有在梦中，那个小生灵才有存身之所？还是，这依然是我父亲在搞鬼？

我在窝里睡觉的时候，这些问题缠住我不放。从我做梦的地方，我看得见天空，它是圆的，上面有星星在闪。最为晴朗的夜里，我可以隐隐看见灯塔。刚开始时，我并不能辨认出岛屿与上面的建筑。而现在，我可以看清了。就在我看不见矮人的那一刻，我看到了岛屿与灯塔。难道我和法丽达交换了幻觉？灯塔矗立在远方，它是希望，仿佛一只仅用一条腿休息的斑马。很多次，我看不到那座曾有过建设的小岛。海浪淹没了礁石，撞出马鬃一样的浮末。刮大风时，海变得粗暴极了，船仿佛要被连根拔起。我在想：我们要上路了，没有方向，也没有船长。然而，船只是在疲惫地哆嗦。没有任何力量能解救这艘遇难船。它的固执堪比法丽达，只不过方向正好相反。一个想留，另一个想走。什么都不能阻止法丽达抛弃一切背井离乡。儿子是她唯一的疑虑，是她最后的船锚。

睡觉之前，法丽达会在甲板上散步。她一边走，一边望向黑暗的深处。在这一刻，她总让我想起父亲，他也爱在丛林中游走，寻找着梦。

“肯祖，你感觉到了吗？船在动。”

船没有动。只有她感觉到船在动。在这艘遇难船上，时间也仿佛遭遇了海难。那个时刻，我只是听众。每当这种盗走她身体的奇怪热病发作，法丽达总会讲起自己的故事，将记忆拆开，又重新结起。我一直听到夜幕降临。我父亲常说，黑暗会让我们生出很多个脑袋。法丽达的故事带领我们进入她的过往，仿佛我生在她的时代。当她沉溺于回忆时，会失去一切感受力。是我提醒她饿了、渴了、冷了。我们的吃喝都是船上的存货。还剩下很多物品。法丽达可以待很久。这也仿佛是她的愿望。她的故事继续讲、重复讲，有变化，也有增添。

“肯祖，你在听吗？”

其实，我没有在听。我在思考我和法丽达的相似之处。我知道是什么将我们联结到一起：我们都被两个世界一分为二。我们的记忆中住满了家乡的鬼魂。这些鬼魂用我们的土语与我们对话。但是，我们只会用葡萄牙语做梦。我们描述的未来里，再不会有家乡的痕迹。这是教会的错，是阿方索神父的错，是维吉妮娅的错，是苏雷德拉的错。但是，这主要是我们的错。我们两个都想离开。她想投奔一个新世界，我想抵达另一种生活。法丽达想离开非洲，而我希望在非洲内部找到另一个大陆。但是，我们之间有一点不同：我没有她依然拥有的那种力量。我不可能后退，也不可能回头。我感染了那头死在沙滩上的鲸鱼的病，它只会用眼望着大海。

有一次，她面色严峻地走近我。她把手放进我的手里，任沉默降临。之后，她恳求我：

“要是你从这里出去了，帮我找一下儿子。我得带上加斯帕尔一起走。”

“我不能，法丽达。出去后我要去找纳帕拉玛。”

“你永远找不到纳帕拉玛，忘了吧。”

“我不能。”

“你就看不出，那些人也喜爱战争吗？等他们胜了，和其他人也没什么两样。一样的贪。”

“住嘴。对这场战争，你什么都不懂。你一个只想逃跑的人，没权利指手画脚。”

法丽达生气了。那一天余下的时间，她尽力避开我。我也离她远远的。那个女人摧残了我最伟大的理想。我需要相信一个高贵的事业，我需要一个值得我献身的理由。法丽达没有权力侮辱我的信念。然而，过了一段时间，我开始认真思考：找纳帕拉玛战士的同时，也并不耽误找加斯帕尔。没必要在如此狭小的空间里和她开战。我走近法丽达，仿佛全无挣扎地询问她：

“怎么做才能找到你儿子？”

法丽达吓了一跳。“你真的愿意帮我找儿子？”她问。她的手抓着我的胳膊：“等一等。不要马上就去！最好等到一个月色明亮的夜晚。这样，你的独木舟才不会撞到礁石上。”我又问了一遍：我要去哪里找她的儿子？她装作在思考。从她把儿子送到教会起，已经过去了十四年。我该去找一下欧吉妮娅姨妈吗？或许，维吉妮娅依然生活在那里？还是要去教会？不用去教会了，加斯帕尔绝对不会回去。总之，我要到处去找。无论如何，那个孩子不可能就这样消失不见。

“你的心觉得他在哪，就去哪里找。但是答应我把他带回来。”

我答应了她。只要我一上岸，就开始找他。但是，我感觉在我的内心深处，意愿在互相厮杀：我的一部分希望她永远找不到孩子，这样，她就得永远待在这里，我便永远有她相伴；我的另一部分希望获得她的好感，找到加斯帕尔可以成功地攻陷她的心。然而，之后，我却开始怀疑，这个女人到底值不值得我如此付出。因为她的故事越来越混乱，讲了之后又推翻。有一次，当我想更深地了解她儿子的情况时，她居然惊讶地问我：

“我儿子？哪一个？”

“你的儿子加斯帕尔。”

她颇费了一番周折才最终想起。到底是瞬间失去了记忆？还是从始至终都是谎言？当我再听时，不禁蹙起了眉头。一个法丽达变成了很多个法丽达。直至一个夜晚，炎热使我在枕席上辗转反侧。我睡意蒙眬地惊醒，因为听到了很多嘈杂的声音。一艘摩托艇正在靠近。法丽达走来，不安地大叫：

“是他们，是来找我的！”

“他们？他们是谁？”

法丽达没有回答。她紧抓住我的胳膊，寻求着保护。但是，并不需要我做什么。因为突然之间，一场暴风雨从天而降。不速之客的小船靠近不了我们。他们尝试了很多次。但是最终还是放弃了，遁入了茫茫黑暗之中。我再一次问她：

“法丽达，他们是谁？”

“他们想杀掉我，肯祖。”

杀人？为什么呢？我觉得这不可能发生，肯定又是她的妄想。然而，这一次，她的行为很奇怪，不由得我不信。她把自己关在屋子里，恳求我仔细侦查，看那些人是不是回来了。我跑到甲板上，连眼睛里面都被浇透了。雨大滴大滴倾下，犹豫着是打个闪电还是不打。云朵不讲情义地相互推搡。它们撞在一起，本可互相道歉，接着走自己的路，但是却没有这样做：它们打成一团，吐出火光，在天上吵吵嚷嚷。难道它们是和人学会了这凡间的不耐烦吗？

那些云朵不禁令我想起一件事：从我登上这艘触礁的船那天，已经过去了多少时间？我早已厌倦了孤独。法丽达不在意等待下去。好多次，我恳求她：

“来吧，和我一起回陆地。”

为什么我不愿意她走自己的路？为什么一想到有人会把她带到遥远的国度我就心痛不已？难道我竟如此关心她？或者，我只是嫉妒她？因为我自己无法离开这个疯狂的国度？也许是因为害怕，我才无法接受这同法丽达一般无二的对遥远的渴望？我在如注的急雨之下，监视着那些晦暗不明的行凶者，其实我只是在假装保护法丽达。实际上，是她在保护我，是她在对这条船上的魂灵发号施令。唯一属于我的魂灵，那个矮人，早已消失不见。

我确定一件事：我与那个女人联系得越来越紧。我从未碰触过任何爱慕的女人。真实的、活生生的女人让我害怕。法丽达正好相反，她几近不真实，她爱做梦，我陶醉于她身上的这层伪装。然而，我的爱火愈加炽热，我便愈发觉得我该离开。我有另外的使命。不论我有多少疑虑，我都不能忘记初心：成为纳帕拉玛。法丽达偷走了我上路的决心，夺走了我决断的能力。一天一天过去，我的心与这条船越来越像。我因这个女人而却步不前，就像这条钉在沙洲里的船。如果我还想成为自己的主宰，我就再不能拖延下去。我必须离开，立即，马上！我走下底舱，只为放下对矮人的执念。他真的存在吗？当我看到底舱的一侧，包裹与箱子堆放得很矮，仿佛是小孩子干的，不禁更疑惑了。我大声喊他，却没有任何回应。我再喊，然而寂静的固执尤甚于我。法丽达是对的，除了我们两个，船上再没有别人了。

我离开底舱，大口呼吸那咸湿的空气。这是九月的一天，正是暴雨肆虐的时节。风吹来，将一阵热雨带来又带走。突然，驾驶室亮了。一盏灯以轻柔的线条画出了光芒。我看见法丽达的胴体掩映在窗帘之间。她在洗澡。在明暗对比中，这个女子是在用水还是用光来沐浴？我走近帆索，不加掩饰地窥视。法丽达发现了我，转身招手，邀请我进入。

我懵懵懂懂地进入，欲望在熊熊燃烧。我与她靠得如此之近，仿佛她正向我倾吐见不得人的隐秘。她笔直地站立在我面前，脸对着脸。我们看着彼此，仿佛在对方脸上认出了大地上唯一的生灵。我确信一点：那一双眼睛，我一辈子都看不够。那双眼睛中有灰烬沉睡，因为它曾燃烧如炭。我把手指伸进她的口中。首先，我触到了牙齿，然后，我感受到了她的口水。那是滚热的口水，仿佛是我的全部，而不仅仅是一根手指，进入了火热的山洞。另一根手指在她的身体上逡巡，因为快乐而倍感紧张。外面，海水动荡，泛出点点浮沫。风更狂暴地吹，海浪开始无情地扫荡一切。即便在这里，室内，水也涌了进来。然而我们却茫然不觉。世界已然消逝，海无足轻重。法丽达湿漉漉的手解开了我的衣衫，她的手指仿佛是水。她躺下，如同在钢铁地板上洒落。我们以溺水者的姿态紧贴在一起。海浪袭来又退去，漫过我们的身体。我们两个融为一体，仿佛广阔空无中兀然生出的岛屿。

之后，我们筋疲力尽地分开。她浑身湿透，颤抖不已。她走向油灯，将一张毯子披在身上。我倒在地上，一动不动，窥视着她的每一个动作。法丽达多大了？为什么她交付如女人，而接收却如孩童？

“你得走了，肯祖。”

我没懂。之前，她告诉我要等待月色明朗的夜晚。现在，她已等不及满月的到来。只有我可以宣布离开。她怎么可以下命令让我们分开？

“我会走的。但是法丽达，你得和我一起走。”

她拒绝了：她不能离开这艘船。“但是，法丽达，这艘船触礁了。这里只有过往，就像水摩擦着火柴。”她毫不让步：“肯祖，这里是我的巢。我确信，人们会来接我的。”

“这种体量的大船不可能被人遗忘。船主会把它拖走的。我也会一起走，去远方，远方。”

我不禁骂了一声。我知道，贫困只能靠富有来治愈。确实，活人最好的藏身之处就是坟墓。但是，她这只是妄想，完全不会有好结果。不该过多幻想。我绝望地大喊：“你会死在这里的，孤零零地腐烂。”她生气地直转圈。我的言语让她恼火，看起来她应该以牙还牙。然而，她却无声无息，这种出人意料的行为唯有女人可以。稍后，她走到我面前，温柔地说：

“是时候了，人和人是不同的。就是这样，肯祖。”

“这个国度就是你要寻找的去处。没有其他地方。”

“你不懂，肯祖，我希望活下去。”

“那你儿子呢？你要扔下他不管？”

我以为这个理由无懈可击，但是我错了。她不听我的。我垂下头，准备放手。我想卷一支烟抽，但烟纸都湿透了。我把烟草揉作一团，扔在地上，仿佛我的心愿可以在手指之间生出。法丽达不明白：我只能活在火热之后的宁静里，活在致命激情的阴影里。她如母亲一般温柔地抚摸着我。我问她有没有什么口信，想让我捎回陆地。她的手指安静下来，然后，她喃喃自语：

“上帝啊！原谅我！我就只求一件事：不要让我的儿子活着。”

“别说这种话。这算什么意思？”

“肯祖，你以为我会希望我儿子不好？我只是觉得，就算死也比活在这个国家好。再说，我有预感，母亲都这样，你永远不会懂。”

“我发誓会找到你的儿子。我会去的，法丽达。”

她笑了，我不知道这是否是感激的笑。也许，她是在笑我的天真。我求她等我回来。她随便点了一下头，而我却锲而不舍：

“我会带着加斯帕尔一起回来的。答应我，等我。”

“我答应你。肯祖，你该走了。去睡觉吧，明天一大早就要出发了。”

我躺在自己的角落里。法丽达不喜欢和我一起睡。睡在别人怀里，会失去灵魂，她说。当男人与女人交缠睡下，梦就找不到各自的主人了。因此，我孤独地哄自己入睡，希望战胜疲惫。并没有用。已是黎明，我还未有丝毫困意。当天色发亮时，我的眼皮才开始发沉。我望着渐明的光，发现我从未注意过太阳。我心里觉得，在我村子的海滩上，我已经和光做别。夏季一日日逼近，我将太阳留给了那个时节的草原。白日从印度洋深深的海水中迸出，全身湿透，几近液态。它以迟来者的威严冉冉升起。大地看起来全然赤裸，令人依稀忆起它是从血肉与月亮中分娩而出。

第六章

淫荡的老女人

返回公车后，木丁贾发现自己什么都认不出来了。风景不知疲倦地变换。难道大地在不断迁移？木丁贾确信一点：这辆烧毁的公车并没有动。他还确信另一点：路也不是经常移动。只有在他阅读肯祖的日记时，路才会动。读后第二天，他的眼睛便会接驳其他的景致。

对于在附近行走，木丁贾现在已经不再抱怨了。这只是图阿伊想出去而已，是他想到丛林里走一走。他总拿水当借口：得去找水，要储藏得多一点。这天早上，这事就发生了，比往常都要早：

“我们走！”

“叔叔，我不去。”

“想都别想。谁都不能留下。你要是不想跟着我，就去另一个方向。反正不能留在这里。”

值得吵一架吗？所以，木丁贾认命了，一个人在野兽踩出的小路上行走。图阿伊往相反的方向走。男孩所到之处，野草无边无际，染绿了整个莫桑比克。当他看见树木，双眼又盈满了童真。周围没有什么东西能让他回忆起那荒凉的稀树草原。现在，森林繁茂无比。因为战火连绵，小路已荒废良久。

野草取得了信任，覆盖了一切。突然，树木戛然而止，现出一片空地。有人开出了一块田，生长着可怜的作物：玉米、小米、少之又少的高粱。

木丁贾停下脚步，留心观瞧。此处虽说贫瘠，但却是人的意志的延伸。他伫立片刻，尽情吸入这开垦之地的芳香。突然，他听到有嘈杂声从这风景的深处传来。有一群女人正唱着歌向他走来。她们手持树枝，往地上抽打。尘云从地上升起，也许正因为尘埃，她们没有看见男孩。一个老女人走在前面，不但驼背，而且呼哧带喘。木丁贾大喊一声，希望她们注意到他，却引起了一阵恐慌。她们先是警觉起来，然后围成一圈，窃窃私语。木丁贾好奇地走近。突然，她们向他冲过来。男孩站住了。一个声音提醒他：

“木丁贾，快逃！”

但是他没听明白。是要逃离这群年迈的妇女吗？老女人们已到近前，围堵着他，用一种他不懂的语言大叫，仿佛在狠狠地咒骂他。

那个最老的女人走到他面前，往他脸上狠狠一击，力量之大，出人意料。木丁贾半是害怕半是憎恨，极力控制住激愤。如果是其他情况，他的害怕早已做好了准备，但是，面对如此年迈的女性的暴力，却实在没有办法。女人一个接一个地走到他面前，用木棒和干枝殴打他，向他投掷沙子、石头和土块。

“妈妈们，为什么打我？”

但是，她们听不懂他的话。因为理解不了，反而怒意更盛。于殴打他的忙碌之中，胳膊与腿纷纷交汇；在侮辱他的怒气里，喊叫与笑声彼此攀缠。男孩备受屈辱，眼睛里蓄满了泪水，无助得像离巢的小兽。

“别打我！”

这时，最老的女人张开双腿，骑在他瘫软的身子上。她用力一拉，将自己从罩袍中释放。那是一身老皮老肉，皱纹直达骨头，乳房垂垂累累，如同死去的袋子。她以出人意料的淫荡，大喊大叫，舔舐着自己。她的手拂过大腿，倒在男孩的身上。她开始在木丁贾瘫倒于地的身子上磨蹭，不是出于欲望，而更像是嫉妒。其他女人拍着手，嗷嗷助兴，一个个脱下了覆盖着身体的衣服、破布和袋子。她们现在赤身裸体，围住他疯狂地跳舞。老女人又向前推进了意图，她扯拽着男孩的隐秘部位，拥抱他，仿佛要挖出他的灵魂。对于发生的事，木丁贾惶然不觉：光天化日下，他被强奸了。第一个女人满足了，欲望得逞，浑身是汗。之后，其他女人跟上，肥腻的身体与大腿堆成了山。

可怜的男孩不知道到底是他失去了意识，还是世界比这些疯狂的女人转得更快。他只知道他正在离开黑暗，光芒噼啪闪烁，天空仿佛抽噎。图阿伊出现在他的视野之中，将他拖到一处阴凉地。

“发生了什么?”木丁贾问。

图阿伊笑了。他如父亲一般解释给男孩听。那些女人正在举行一个神圣的仪式，意图驱逐祸害庄稼的蝗虫。她们正在下咒语除虫，而外人的闯入让这一切努力化为泡影。男人不能参加仪式。任何男人。绝对不能。

“这可不是一般的蝗虫。这些蝗虫有主人。”

图阿伊一边说，一边指向田野。那里，蝗虫成群结队，遮天蔽日，吞噬了整个世界。一口又一口，少而又少的绿意消失不见。

“我们回公车吧。”

木丁贾任老人牵着他的胳膊。这种自弃使他感到安心，而那些粗暴的拉扯留下的印痕却仿佛并不存在。他病了，图阿伊把他安置在废弃公车的座椅上。男孩呻吟不止，老人给他沏了一杯茶：

“喝吧！孩子。你得强壮起来。这样，往后你才能和那些只有你会读的日记作战。”

“叔叔，我不知道我还能不能读了。”

“能读。就学着像斯格雷托那样，两眼轮流睁开。”

肯祖的第六本日记

返回马蒂马蒂

法丽达给了我一种全新的生活意义。在这种并非幸福的安适中，我甚至有些心烦意乱。遇见法丽达后，我可以找到我自己、看见我自己。很多次，我提醒自己这份爱充满凶险。我们俩都无法等待太久：一如她，我也是忘记行程的旅人。但是法丽达的手指在我的唇上微笑，不让我讲话。我害怕她的天真：她不知如何活下去。她本属于另一个世界，一个有秩序与尺度的世界。故国已殇，她势单力薄，无依无靠。我的感受与她一样，但是方式不同，也许因为我没有孩子。我谁也没有。恐惧是我唯一的所有。是的，只为摆脱恐惧，我才离别了我的村庄。那时，恐惧完全侵占了我：在路上行走时，我恐惧；在家里睡觉时，我也恐惧。活在恐惧中的人需要一个小世界，一个控制得了的世界。我和法丽达的世界，如今是一艘船。对于我，那不过是终将逝去的瞬间。对于法丽达，那却是颠扑不破的命运。

法丽达的言论从不涉及现实生活。她沉溺于幻想，于她，一切皆发生于看不见的世界。只有一次，她说起了战争。她这样问我，仿佛置身于另一个国度：

“这场战争一定会结束吗？”

我点点头。但我的心却抽紧成一团。法丽达希望了解更多：为什么要打仗？为什么人们无休无止地争斗？我想起苏雷德拉的话：必须得有战争，必须得有死亡。这一切为的是什么？为了让行抢合理合法。因为今时今日，劳动再不能致富，而劫掠是唯一的发财之路。必须有死亡，这样法律才可以被遗忘。既然毫无秩序可言，那就什么都可以做。有错的总是其他人。

“肯祖，战争可能有终结的一天。但是在我们心里，它永远不会结束。”

法丽达再也没有提过战争，仿佛没有勇气面对遥远的杀戮。然而，不安却在她的心里停驻，愁苦偷走了她的平静。她的梦想只是这小小的平静而已。当我离开时，她请求我：

“在马蒂马蒂，不要提我的名字。人们恨我。”

我坐在独木舟里，向陆地划去，返回海岸的理由越来越明晰。我要扑灭那团吞噬法丽达的火焰。这并不是慈悲。我需要拯救法丽达，因为她把我从贫瘠的存在之苦中拯救。总之，必须要有一人从我们深陷的泥沼中拔出，无论如何疯狂，必须要有一人依然心怀希望。法丽达至少有岛屿与那天长地久的灯塔，还有一艘船，它会从天使栖居之地驶来，把她接走。

当马蒂马蒂的海滩映入眼帘，我终于知道，是我们的双眼创造了美好。我在恋爱，这处已被毁灭的土地因此增添了光泽。几天之前，我的眼睛已经看过了这幅景象，如今，它却摇曳多姿，光彩更盛。我下了船，不知从何找起。这一次，岸上的人并不多。

人群已经散去。是因为当局的威胁？我攀上一条荒凉的小路，它如此细狭，甚至不能容纳两条蛇一起睡觉。村子比看上去的更小，房子倒比我故乡的完整。然而，有太多太多无家可归的人，睡在大街小巷。太阳下面，到处都是摊开的身体。

我缓缓地在这块土地上逡巡。怎样才能找到法丽达的儿子？去找露西娅修女？不，她应该不知他的近况。那孩子离开教会后，是往丛林方向跑的。还是应该去找欧吉妮娅姨妈，她可能会知道加斯帕尔的行踪。但是，欧吉妮娅，现在她人在何处？和村子里无家可归的人在一起？还是，依然在田野中坚守那栋她从出生就居住的房子？我决定不去解决这个问题，干脆任答案自行到来。我还有时间。法丽达答应过我，在我把儿子的消息带给她之前，她不会离开那艘船。就算有人来营救她，她也会等我。我们都曾发过誓。

这个小小的村庄沿着山坡倾斜而建。我爬上一条路，它慵懒地卧于山间，就像一条长长的蜥蜴。宁静的金合欢树张开树荫，庇护着我。突然，我吓了一跳，有叫嚷声从几个不同的方向传来。一只速度奇快的轮椅从路的最高处俯冲下来。上面坐着一个男人，他满面愁容，试图把控路的方向，而不是轮椅。突然，轮椅凌空腾起，上面的人飞了出去，摔到了好几米外。我赶紧扶起这个倒霉蛋，撑住他，掸去他身上的灰尘。我感到很奇怪，因为他并不是个残疾人。但是，最让我震惊的是他的面孔：是安东尼尼奥，苏雷德拉店里的帮工！他看到我，也吓了一跳。我们彼此问候，你好吗？怎么样？

“安东尼尼奥，苏雷德拉在哪里？”

“就在商店里。”

“商店？他开了新店？”

他说是的。我让他带我去店里，但是，他首先得把轮椅还回去。我们推着轮椅，爬上了山坡。安东尼尼奥指着一个坐在石头上的男人，他正在山顶上等我们。

我很惊讶：那人是阿萨内，管理官从前的秘书，给我讲马蒂马蒂故事的人。

“认识他吗？他是阿萨内同志。现在是苏雷德拉的合伙人。他还是这张轮椅的主人。”

我们一起往上爬，安东尼尼奥借机告诉我：阿萨内出租轮椅给别人玩，这样，他可以挣到一些钱。

“现在的生活就是这样！”

我向阿萨内问好，感到十分震惊。我第一次见到他时，是在一个昏暗的环境里。现在，我看到了一个高大威猛的男人。我早已知道因为什么他失去了双腿。但当我看到他高大的身型，再想起他已不能站立，心里更感难过。

“我的轮椅没事吧？”他问安东尼尼奥。

“在这里，阿萨内同志。你看，连划痕都没有。”

阿萨内检查起轮椅来。之后，他转头看我：

“你最终还是回来了？”

还没等我回答，他便问我想不想租轮椅。我拒绝了。我和他说，我想见苏雷德拉·瓦拉，他是我的朋友，也是他的合伙人。阿萨内回答说，这个印度人目前住在他家，在一个偏远的街区。他让我晚上过去。

“我怎么才能找到你家呢？”

商店帮工安东尼尼奥之后会去海滩上找我，然后带我走一条更安全的路，免得被子弹崩了，或者被土匪抢了。

晚上，我坐在海滩上，等待安东尼尼奥到来。正是酷热难当的季节，可以看到月亮上红色的藓。

我望着大海，月亮播洒的万千光辉让我双眼灼灼。大海，如果你的水只为我带来痛苦，为什么我还要靠近你？也许是因为在这里，在这无尽的荒凉中，海成为一处泉眼，带来又带走我的梦。

沙滩之上，人山人海。连绵不断的火堆在黑暗的面庞中闪烁。有鼓声传来，还有影子在沙上此起彼伏，如同海浪。祈求海难的仪式依然在举行。人们寄希望于巫术，想让搭载捐献物资的船都撞到退潮时显露的礁石上。货船会开膛破肚，货物会散落在沙滩上。但愿他们心想事成！他们狐疑地看着我，但并未多加注意。我想起了父亲，他的话一向很苦："现在，我们是乞讨者的国度，没有一个地方能活得下去。"仿佛我依然在听他讲话：

"但是，儿子，不要去改变别人的命运。"

然而，我违背了他的命令。无论是纳帕拉玛，还是法丽达的儿子，我都不能置之不理。也许，我不过是完成我一直以来的使命：记忆的做梦人，真实的制作者。一个在火中穿行的梦游者。一个如同我出世的大地一般的梦游者。或者，如同那一簇簇火堆，我穿行其中，在沙上开辟出一条路。

打斗的声音将我带回现时。沙滩上，一群人围成圈推来搡去。我走上前去，人群敬畏地退散。一位渔夫看起来像是这个地盘的主人，问我：

"你想看吗？"

"什么？"

一个男孩手拿着铁罐走到我面前。见我没反应，他便摇晃起了罐子，里面的硬币哗哗作响。渔夫插了一句：

“算了，这人不用付钱。他是客人。”

那一刻，我看到沙滩上躺着一个浅肤色的女人，她浑身赤裸，长发覆面。在她身边，摆放着一个盛鱼的盘子和一个水罐。月亮在云中出入，我的视线时而模糊，时而清晰。人们在嗷嗷嗷地叫。没有人说话，只有我提问：

“她是谁？”

渔夫告诉我：他刚刚遇到这个在海浪里迷失了方向的女人。她用尽全力漂浮，头发如海藻一般随浪起伏。渔夫捞上来这具濒死的身体，擦洗干净，给她穿上衣服。她感谢不已，而男人却沉默不语。溺水的女人以为他不懂葡萄牙语，用笑容向他千恩万谢。他把她带上岸，绑在了这里：

“不是天天都能抓住这么大的鱼的。”渔夫骄傲地说。

她简直不可能欺骗他，更不能把救命恩人当成蠢货或者土包子。其实他非常清楚该如何好好利用猎物。他狡猾、爱钱，恨透了穷。就这样，那个女人被拿到人前展览，人们吓坏了，因为从未见过这样的生灵：

“你不放了她？”

“放了她？这女人会给我挣很多钱的……”

他意味深长地笑了。他摸着隆起的肚皮，遥想着成功。但是之后，他忧虑地皱起了眉毛。他做了个手势，示意我保密。他让我去劝劝那个女人，好歹吃点东西，都是好不容易搞到的。他让我看那罐水、那盘子鱼，还配着面包碎。虽是残羹剩饭，但是也让人嫉妒。现在，她拒绝吃东西。但我去劝劝也许会不一样。至少会喝点水，不至于再衰弱下去。要是她死了，买卖也就完了。我走近这个女人，触碰她起伏的后背。她的皮肤冰冷无比，就像鱼鳞。她缓缓地抬起头。当我看到她的眼睛，我不禁张大嘴巴，退后数步，如同看到了深渊。她的脸正面和侧面看起来一样。那如波涛般起伏的头发盗走了她人的形状。然而，这个女人有些眼熟，我之前一定见过她。她是谁？我在哪里见过她？我又该如何与这形同动物的生灵交谈？我什么都没说。我把盘子拿到她手边，扭开了头，什么都没说。

我踉跄地逃离此地。我喘不过气，非常痛苦。那个女人的形象在压迫我。我弄湿了自己的脚，寒冷让我回复了理智。

我一直坐在海边，直到有人走到我身边。是安东尼尼奥。开始，我们什么话都没说。我们沿着黑暗的路走，抄近路中的近路。后来，我开始高声说话，以便让走在前面的安东尼尼奥能听见。我想起阿萨内用轮椅挣钱的事。对于这群人，这真的再正常不过了。安东尼尼奥心存感激地应和我。什么都没有的地方，拥有一点点都会遭致觊觎。也可以理解：全瘫的会嫉妒跛脚的。阿萨内知道用他的轮椅能看到什么风景。“他这样做是对的，”安东尼尼奥做出了保证，“他把轮椅租给所有人，而不是一个人独占好处。”他接着强调：

“别忘了，老板。钱就像盐，只能用来调味。”

老板。这少年坚持这样称呼我。这词从他嘴里说出就像在骂人，像吐出一口酸臭的浓痰。仿佛在说，尽管我已被白人同化，但我依然归属于他的种族。有一天，我会为背叛付出高昂的代价。

我敲开门，阿萨内热情地欢迎我。他握住我的手，力量之大，出人意料。这双手属于一个再也不能走路的人，他的双足过早地陷入了沉默。他局促于轮椅之上，需要从下往上看着其他人。

“等一会儿。苏雷德拉还得过一会儿才到。”

我们交谈时，黑夜降临了。阿萨内再次和我说起了他的不幸，说起了管理官的背叛。的确是有截留与挪用捐赠物资的行为。但连阿萨内都不觉得偷点捐给饥民的东西是什么大事。谁都伸手，就看官大不大，他说。其实，他和管理官不和有别的原因。一切都开始于阿萨内反对一个命令。

“一个杀人的命令。有个女人必须消失。”

“一个女人？”我问。

“一个叫法丽达的女人。”

我吓得心都凉了，但装得不以为意。为什么她会被管理官处以极刑？我的好奇心在灼烧，但是我什么都没问。真相迟早会被我找出。我转移了话题，想知道这残疾人有什么计划。

“我在这里做什么？我要做买卖，没人知道战争后会发生什么……”

商店已经搞好了，装得满满登登，货架上琳琅满目。万事就绪，只欠开业。他得和政府处好关系。而当局也想抹去前秘书身体上那些妥协的印痕。管理官受邀参加开业典礼，这可是在世人面前给商店正名。阿萨内只担心一件事：环境对印度人很不友好。某些大人物在制造事端。所以，本着好好相处的策略，开业典礼必须公开举行，广邀各方来宾。我也在受邀之列。这可能是了解本地人的好时机。我礼貌地推辞了。我只是暂时停留。我的目的地是丛林深处，去那儿寻找加斯帕尔。阿萨内耸了耸肩，表示由我自己决定。他再一次往杯子里注满了酒。阿萨内爱喝酒，几口就干掉一杯，眼都不眨一下。然而，他的思维却纹丝不乱。他为过量饮酒辩护：

"天一冷，我就得多喝点儿。这里很冷，你知道吗？只有十度，而且还是摄氏度！喝上酒，人们就忘记了……"

"我们需要忘记一切，是不是？现在，我终于理解了我父亲的酗酒。"

"我需要忘记太多太多我在管理处所经历的事。我挨了一顿打，腿不能用了。不过在我之前，很多人什么都没做，也被打了。"

他摇着轮椅，向前、退后。枪声与炮弹声时不时地传来。我们早已不以为意。外面，死亡气焰嚣张，生命在哀恸中逐渐消逝。然而，对于我们，那声响已经是风景的一部分，不过在墙壁上留下一道苦涩的血痕。我们的谈话停顿了一下。我评论说，这场战争会永远进行下去。阿萨内不同意我：

“这根本就不是战争。这到底是什么？现在还无法命名。”

他这样解释：真要是战争，反倒好了。如果是一场战争，军队早壮大起来了。但是鬼魂的战争只会壮大鬼魂的军队。四处劫掠，到处游荡，没有人领导，所有人都厌弃。而我们，是无差别的牺牲者，我们都将变成鬼魂。

“粪坑里面，没有干净的战争。”

他开始抱怨这有多么影响他的买卖：到处都是乱糟糟的，他开不成店，计划开展不了。他让我推着他在家里转一转，希望我看到战争对他家的影响。他一扇一扇打开门，把很多孩子指给我看。都是他的侄子辈，从丛林里逃出来的，与啤酒箱、易拉罐、塑料袋、包装袋杂混在一处。

“你知道的，我们的家庭都是这样的，人特别多。捐赠物资都到了管理处，我怎么可能不挪用？”

他打开门，又关上：到处都有孩子，全是他的子侄，个个流着鼻涕，眼睛凸出，瘦瘦小小。阿萨内在前面引路，让我看有这么多张嘴嗷嗷待哺。后院放着一个冰箱，也是遇难船的货物。一个年轻人正用锤子和凿子忙活着。他拆下了冰箱的门。阿萨内向我解释了这样做的理由：

“他在改造。这里根本没有电，冰箱能干什么？现在，它会变成一张床，给小孩儿住。只要给它铺上干草，孩子就可以把它当床来睡。”

“现在不能去船上拿东西吗？”

“现在不行了。不让去。”

“为什么？”

“因为那个女人，法丽达，她现在在船上。那女人看见了太多事。不能让她活下去。管理官正在想办法除掉她。”

我们经过苏雷德拉的房间。透过半开的门，看得见床单散落在地上。那一刻，我闻到了童年的气息，商店里熏香的缕缕香气。阿萨内说道：

“苏雷德拉只是暂时住在这里。我不能让他在家里长住。这在政治上会连累我。”

我推着轮椅，很怕自己不能轻拿轻放。如果我失去控制，把轮椅掼进墙角，他应该会大发雷霆。我的双手畏畏缩缩，仿佛在抱一个新生的婴儿。阿萨内看出了我的不安，他让我坐下，呼吸几口新鲜空气，平静下来。

“请坐。我要和你说件事。你是苏雷德拉的朋友，我看出来了。但是，那家伙脑袋不正常，简直是个疯子。你还是要多加小心。”

他接着说：“那家伙的想法不接地气，比月亮还高。这一秒他还在，下一秒就不是他了。我和他必须合作做生意。阿三有钱，不过得本国人出面。”

“我们，土生土长的人，才能拥有财产，是吗？”

这番话令他的脖子上青筋乍起。他愤怒地承认了：

“我不喜欢阿三。完全不能理解你会把苏雷德拉当朋友。”

我本可以回答说这个印度人与众不同。但什么都没说。对其他印度人我又了解多少呢？其实，我就只认识苏雷德拉这一个印度人。我没有回嘴，而是问了另一个问题：

“为什么我不能和阿三交朋友？那你呢？难道你可以和阿三合伙做生意？”

“唉！算了！那家伙有钱。只因为这个。过上一段时间，我就会把一切收归国有。等到明年，我再把一切都夺过来。然后就把阿三踢出局。”

他笑了，对自己的才华深感自豪。他是答应让苏雷德拉入伙，但是现在，这承诺比玻璃还脆弱。他心满意足地再次重复：“把一切都夺过来！”他大声地笑起来。可能我的脸上已经表现出不快。或许正因此，阿萨内转移了话题。他喊我靠近，对我耳语：

“我有一个秘密，兄弟。你发誓别说出去！”

“我发誓。”

“你要发毒誓！”

我再一次起誓。然后，他让我把他推到后院旁边的灌木丛。

“在那里！快看那个好东西！”

灌木丛里，有一辆军用坦克隐蔽地潜藏。这只铁甲几近全毁，轮子也不见了。它侧躺在地，就仿佛战士在康复之中。

“这只铁甲是我的兄弟。我和它一样，腿都不能用。”

这只大杀器干什么用？阿萨内含含糊糊地应付我，说这个年月，无法相信的事都变得司空见惯了。我又问了一次：为什么这个金属怪兽会藏在这里?

“你上去看吧。亲眼看看这个怪兽的新功能。”

轮椅在沙地上推不动。我独自向前，一探究竟。从坦克中，传来“咕咕咕”“咯咯咯”的声音。那里满地粪便，污染了大地的气息。我往里一看：几十只鸡傻愣愣地盯着我看。坦克如今是个鸡舍，产蛋的地方。阿萨内骄傲地宣布：

“这是我的买卖。没人会怀疑，没人想得到，没人能来偷。要是商店不行了，我还有别的保障。”

他是用在管理处任职时搞到的钱弄的鸡舍。别人会以为是他出租轮椅挣来的钱。他以保持沉默作为交换，劝说管理官从捐赠仓库里匀出一只轮椅给他，从此以后，他过上了挣租金的日子。不过，这男人什么都插上一脚：不但开店，而且还养鸡。

“谁都不知道!”

我们回到家里。阿萨内又喝上了酒。他已经喝得过量了。时间已经过去了很久，我再一次问起苏雷德拉。阿萨内回答道：“苏雷德拉出去办事了，马上就回来了。”我注意到他的回答似乎有点不对劲。

“我还没从买卖中挣到钱呢，这个阿三就成了废物了……”

我试图听懂他的话。他直挺挺地坐在轮椅上，向我提起政府的官方政策。没有种族主义，没有种族歧视。甚至有印度人做到了部长。然而，总有人对此不满。一些人希望向亚洲人关上门，只允许黑人经商。阿萨内大谈起政治，我完全听不进去。

苏雷德拉曾经和我说过这个问题。他要为他全种族的人，为其他印度人的野心和错误买单。也许要等上很多年，每个人才能摆脱种族的负担。阿萨内东拉西扯，滔滔不绝：

“不只阿三会遭殃。你也要注意。你是外来的，部落里的人，没人知道你为什么来这里。那天在海滩上我已经警告过你了。你太固执了，以后别哭……”

他得出结论：这里已经没有管理了。这才是他真正的害怕。谁都可以发号施令，今天干这个，明天干那个，不管也不顾。“然后，我们又能向谁诉苦呢？这里的当官儿的一个个架子端得老高，怕是都听不见自己的心跳了。我早就认清了他们：我就没看过他们排队，个个有自己的营生，就知道走后门。”让阿萨内生气的并不是他们违反了原则，而是他自己再也不能享受特权。按照过去的传统，大人物总会把好处分给小人物，而现在，面对他人的痛苦，有权有势的人都成了瞎子。

我提议聊一个轻松一点儿的题目：女人。用这种方式可以直抵法丽达这个话题，得悉阿萨内隐藏的秘密。

“我们不如聊聊马蒂马蒂的女人？”

我想到我曾向法丽达许下誓言，但是我无法再遵守她不许我提她名字的要求。我需要了解得多一点。我往前探询：

“那个女人，那个法丽达……”

阿萨内坏坏地笑了。他用手掌摩擦着大腿，仿佛在给它们一些安慰。他让双腿舒服一点，如今是它们在承载他的孤独。

“这个女人是个婊子，不过，她婊得很是……很是……”

他没有找到恰当的表达。只是在他的眼睛里闪过一丝光芒，唯有思恋才会燃起。他大谈起那些他觉得多多少少有些“婊”的女人。但是对法丽达却闭口不谈。酒精进入他的体内，升腾蒸发，他的舌头被困住了。这掺水的谈话我已经不再去听。有人敲门，是安东尼尼奥。他带来了苏雷德拉。两人站在门口，就像幽灵。

“苏雷德拉！”我抬起头，呼唤着他。

然而，苏雷德拉仿佛没有看见我。他不一样了，头发乱糟糟地掉落在前额上。他瘦了很多，身体仿佛要逃出衣服。他想必是从海滩过来，鞋都湿了。安东尼尼奥打破了这一刻，他不明不白地说：

“老板同志，你们都想不到他干了些什么！”

他指着苏雷德拉，仿佛他根本不存在。阿萨内很生气，让他立即说清楚。安东尼尼奥讲述了事情经过。吃过午饭，苏雷德拉出门去海滩。他带上了他的妻子一起去。之后，他搜集木料，准备造一条木筏。阿斯玛在他身边唱着什么，听起来像是噪音。黄昏时分，印度人造好了木筏。他把筏子放入海中，让阿斯玛坐在上面。他慢慢进入波涛之中，当他的脚快在海里站不住时，他在妻子的额头上印上了一个长久的亲吻。之后，他把木筏转到了早已挑好的方向，用力一推，然后挥别爱妻：

“走吧，阿斯玛！返回你的故乡！”

阿萨内打断了他的讲述。他问苏雷德拉这到底是不是真的。我的老朋友仿佛没有听到。他坐在一个箱子上，双手无辜地放在膝盖上。他的眼睛在寻找世界的另一端。我站起身，感觉腿已经不是自己的。我看见的那个女人居然是阿斯玛！我屈身靠近苏雷德拉，向他伸出手：

“苏雷德拉，我看见了阿斯玛。她还活着，一个渔夫捡到了她。跟我来，我带你去找阿斯玛。”

我的声音因为愤怒而颤抖不已。我无法原谅自己没有认出阿斯玛，没有把她从痛苦中解救出来。此时，阿萨内大喝一声：

“安东尼尼奥，把我抱出这张该死的轮椅。我们走，去把那个可怜的女人接回来。肯祖，你留下。”

安东尼尼奥将阿萨内抱出轮椅，他用胳膊抱住阿萨内的腰，两个人走入了夜色之中。我留下来陪伴苏雷德拉。这一段时间，他一动也不动，仿佛正经历着魂离，就像当初在商店里他妻子那样，听着收音机的噪音，假装是印度的音乐。

“苏雷德拉，我去救阿斯玛。你来吗？”

他连眼睛都不眨一下。我干脆随他去，就让他沉溺于空无之中。在海滩上，我很快就找到了阿萨内和安东尼尼奥。他们及时赶到，救回了奄奄一息的阿斯玛。阿萨内让人送来他的轮椅，来运送这个溺水的女人。她坐在阿萨内的轮椅上，被人送到了医疗点。我帮忙把阿萨内抱回家，回程一路上有很多好奇的人跟随。阿斯玛留在医疗点，还没有苏醒过来。

那个夜晚之后，我住进阿萨内家里，睡在阿斯玛的床上。苏雷德拉睡在旁边的床垫上，他毫无生气，就像一尊雕像。我把在此停留的全部日子都献给了他，希望他恢复神志清明。我感到亏欠他太多，正是在他的商店里，我的童年才能面向无数世界开放。但我失败了，苏雷德拉封闭了自己，囚困于悲伤之中。尽管如此，每天下午，当我动身去探望阿斯玛时，我总会问他：

“我去看望你妻子。你不一起来吗？”

“阿斯玛快到印度了。”他回答说。

可怜的阿斯玛身体见好。我把她接回家，抱她坐上一个单人沙发。她待在那里，因为苏雷德拉不让她回屋。然而，奇怪的是，阿萨内的表现却与以往不同。他温柔地照顾她，把最好的食物留给她，甚至亲自用勺子喂她喝汤。等到阿斯玛恢复了健康，阿萨内给她安排了照管鸡舍的轻活儿，其实不过是想让她有点精神安慰。

一天晚上，我大汗淋漓地醒来。我的心乱跳，仿佛风暴乍起。我听见了母亲唱的摇篮曲。歌声从外面传来，似梦如幻。我披上床单，走出房门。此时，我再无任何疑问，那就是哄我和兄弟们入睡的摇篮曲。歌声是从坦克中传出来的。我小心翼翼地走上前去。当我走到鸡舍前，一切都安静了下来。我隐约看见一只巨大的公鸡，它正惊愕地盯着我看。它的目光几乎让我晕倒在地。那双眼睛里盛着一种我很熟悉的悲伤。

“小六！”

公鸡迟疑地转动着脑袋。它“咯咯咯”地啄着，展示着自己的能力。现在，它和一只真正的鸡一模一样，它生来就是鸡，只想成为鸡。

这不可能是小六，我的兄弟。但我还是站在那里，注视着茫茫夜色，一动不动，仿佛化身巢穴。一种深深的悔恨击中了我。我尽心尽力地寻找加斯帕尔，一个陌生人。但是，我完全没有思念过小六。我这样到底算什么兄弟？我还在等待阴间给我一个回答，等我父亲的灵魂下来，哪怕是来惩罚我。知了声声，催时间流逝。之后，我放弃了。我走近公鸡，和他告别。那双眼睛蓄满了泪水，再一次变成了人的眼。我把手伸进防护网中，抚摸它的翅膀。我可以发誓，我真的听见了童年的摇篮曲。

我再也没有去过鸡舍。我说服自己，这场相遇不过是幻觉，是我的想象过于丰盛。小六已经死了，消失在那个我已抛弃的故乡。我每天早上都对自己这样说，也许是为了良心好过一点。

那几日，我比太阳起得都早。我从窗口看见女人们正在路边种玉米。她们在所有的地方坚持耕种，即便是不毛之地。她们在这场没有意义的斗争上浪费光阴。一如我的母亲，她们相信死了的子宫也能生出孩子。从我的房间，我可以看到整条沙路，直至一个广场。这是一个安静的广场，令人想起小河的入海口。广场中心有一座雕塑，是敬献给独立英雄的。这座雕塑是后立的，之前的那一座是反动政权建的，用来歌颂殖民军队。

独立那天，那座雕塑被推倒了，碎成了千万片。人们新建了一座，说是暂时的，但直到现在都在。它很肮脏，尘土满面，四周全是垃圾，好像没有人很在意它。除了一个女人，她在此徘徊良久。我望着那个身着黑衣的女人，以为她是寡妇。

阿萨内告诉了我那个女人的身份：

“她是管理官的妻子。”

一天下午，我回家的时候，与她在广场上交会。我走上前，把手放在胸口，仿佛在向这座纪念碑致敬。她远远地站着，有一条皱纹横在她的额头。那一刻，我感到她在哭。我走向前去，发现她并没有哭泣。她在唱歌。这首歌我很熟悉，是歌颂解放武装斗争的歌曲。

她站在那里，比祈祷更庄严。一种意愿引领我来到她那里，我想了解她的悲伤。她的身躯里有一种过早的守寡，并非因为死亡，而是对自身毫不在意的放弃。我采下几朵野花，放在纪念碑下面。只有在那一刻，女人才抬起眼，那双眼睛巨大无比，我之前在某个地方见过。一种无边无际在审视我。之后，她重新踏入了罩袍的黑，遁入了沉默的深渊。我满腹心事地退了回来。那个女人的身影执着地留在了我心里。

开业的那个上午，我打扮得很郑重。我在苏雷德拉的衣服中挑了一件合适的。幸运的是，我和他的身量差不多。阿萨内和苏雷德拉的店位于主街的最外面，面朝第一缕阳光。在殖民时期，这里是罗芒·平托的饭馆。自从那个葡萄牙人死后，这里就没人管了。新主人费大力气搞清洁、刷漆、整理。商店装满了货品，街上的人啧啧称奇。好奇的人纷至沓来。衣不蔽体者、醉鬼和饿鬼更是数不胜数。管理官快中午才来。他的妻子卡洛琳达也一同前来。身后簇拥着大批保镖。要员们站在阴凉地，听着冗长的讲话。卡洛琳达在盯着我看。她的眼睛中阴霾密布，我几乎在椅子上坐不住。我换到另外一个位置，可以看到这个女人，但是她看不到我。阿萨内在发言，他穿了一件西服，现在全身是汗。他竭尽所能，让苏雷德拉隐藏在后面。我远远地看着，留心印度人的一举一动。他一动不动，几近塑像，仿佛是唯一一个待在该待的地方的人。苏雷德拉看起来俯仰由人，但他从不在大人物面前卑躬屈膝。在其他什么地方，现在发生的一切可能是真的，而在这里，这不过是一场模仿，阿斯玛坐在他身边，脸上露出了艰难的微笑。也许她超越了所见，看到了另外一个场景，那是一个印度的场景，我们这些非洲人成了异类。

冗长的平静里，一切向前推进。突然，飞扬的尘土中，传来了人们慌乱的吵嚷。一群穿着军装的人在开进，准备杀人。在私人保镖的护送下，管理官迅速撤离此地。对比在众目睽睽下逃跑的丈夫，卡洛琳达的撤退更体面一些。当匪徒开进街道，人们四散而逃。一个匪徒掏出枪，向人群射击。真是疯了。子弹接连不断，人们呼天抢地，慌不择路，只为逃出生天。我躲在商店后面，滑进了一个泥坑里。我伏在那里，脑袋扎进泥里。

我闻到了一股尿味，这大概是个粪坑。我被恐惧团团围住，完全顾不上恶心。我待在那里，祈祷战斗不要祸及后院。路上不断传来吵嚷声。

“把这个阿三给我杀掉。”这是匪首在大喊。

突然，我看到了火焰。房子淹没在火中，烟呛得我直咳嗽。我不想跑开，害怕会在开阔地上自投罗网。在烟熏火燎之中，安东尼尼奥架着苏雷德拉走了出来，几乎是把他拖了出来。苏雷德拉完全吓傻了，根本不知道怎么迈步。安东尼尼奥使出吃奶的力气，才能把他撑住。我赶忙上前，帮苏雷德拉逃离了火场。

“阿斯玛呢？”我问。

安东尼尼奥耸了耸肩膀，做出没救了的表情。我跑到窗边，隐约看见了可怜的阿斯玛。还没等我跑到，玻璃就爆裂了，碎片飞溅得满处都是。因为怯懦的自保，我退到了后面。我再一次跑到窗边，往里面看：火已经蔓延开来，地上全是火焰。

我大喊她的名字，但连我自己都听不见。火是绝对的主宰，自负的强者。我们等在那里，直到火势消退。只有那时，我们才能真正去看。苏雷德拉与一切保持着距离，仿佛什么都没发生。他到底知不知道他妻子出事了？

“苏雷德拉，你看到了，阿斯玛……谁都帮不上忙……”

他低垂着头，一言不发。他懂吗？我没有时间确认。阿萨内摇着轮椅赶到了。他走上前，用真诚的手安抚印度人的后背，真让我大吃一惊。这个动作不是生意伙伴的，而是朋友的。我不打扰两人，任他们默默悲伤。

回家的路上，我被一个睡在路上的男人绊倒了。他的手里抓着一根长绳子。我靠近一些，看到他的眼睛睁得很大。他是睡了吗？还是生病了起不来了？我没有停下。阿萨内的家就在附近。我继续前行，慢腾腾地，就像今天的酷热。到家之后，我来到窗边，仔细观察之前绊倒我的那个男人。他躺在路上，进入深长的小睡。我决定回去，给这个可怜人送一点水。我正要出发，阿萨内的一个侄子拦住了我：

“叔叔，这个人已经死了。”

我远远地查看了一下。的确，那个男人都发黑了，现出大地一般滞涩的颜色。他手上的那根绳子是干什么用的？还是那个孩子告诉我：那男人想用绳子上吊。他没日没夜地搓剑麻，但总也没有做完。这根绳子已经有几米长了。他最终也没用上。不用上吊，他也就死了，病死的。总而言之，死亡是一根绑住我们血管的绳子。我们从绳结处出生，时光慢慢地将绳拉直，让我们一点点地僵硬。

死人在路边躺了整整一天。第二天，他还在原地，为苍蝇所追捧。仔细看来，这具不小心死在路边的尸体与周遭的一切毫不违和。它象征着村庄的变化：已经成为一个巨大的停尸场。中午时分，一队士兵来到此地，将尸体移走。他们拉住他的脚，在道路上拖拽。这就是这位无足轻重的无名氏的葬礼：路上尘土飞扬，苍蝇嗡嗡追逐，仿佛是无人雇佣的哭丧人。

我看着士兵在毁弃的房子之间渐渐走远。空气沉重而黏湿。当我看到这支丧葬队伍最终消失于断壁残垣，我冒出了一个想法：我们，出生于那个时代，是最后的生者。我们之后，再没有世界，再不欢迎任何人。

第七章

用手梦见女人

雨点淅淅沥沥，落在公车上。天空湿乎乎的手指在滴滴答答中尽情玩耍。图阿伊裹在罩袍里。他看着木丁贾，这孩子正躺在椅子上，双眼圆睁，进入了诚实的梦乡。

“妈呀！太冷了。现在，连火都没法生，柴都湿了。孩子，你在听吗？”

木丁贾依然魂游天外。按照习俗，他本该欢欣鼓舞：下雨是个好兆头，象征好日子叩响了命运之门。

“你缺一个女人，”老人说，“你一直在读那女人的事，那个法丽达。她肯定很漂亮。”

女人一下子成了话题中心。“只要不爱上她，女人就总是好的。”他说。“因为爱从不听话。人们给它建了个房，它却在后院出生了。孩子，找个妓女就行了。我们是得花钱，但不用花感情。我们可从来不把心掏给妓女啊。”他接着说：

“孩子，你知道我和若露吉娜之间的事吗？”

这样，老人讲起了他和若露吉娜之间的过往。这是一个曾经与他有过山盟海誓的女人。她看起来挺蠢的，根本就不思考事儿。“女人就得这样，”图阿伊继续品评，“这样，她们就不能摆脱上帝给她们安排好的出路了。”

“我被这个女人伤透了，木丁贾。”

原来，她是那种轻浮女子，上别人的床比玉米上碾子还容易。图阿伊很痛苦，声音也随着回忆布满阴翳。

“我现在可是长记性了。”

图阿伊咀嚼着字词，痛苦于无法消化掉多日来不曾吃东西的空无。他看着孩子，猜测他做爱的年龄。当他想起那些老妇强暴这孩子的情景，不由得笑了。这孩子需要其他启蒙。

“等等，孩子。我要靠着你坐。”

他在木丁贾坐的椅子上搭边坐下，伸手探入男孩的下腹。不多久，便解开了前裆纽扣：

“现在想一想女孩。”

“叔叔！别这样……”

“不许反抗，不然我就揍你。快点，按我说的做。”

“可是，叔叔，我没法这样……”

“都是因为你只用脑袋想。要用整个身体想！”

“不行，叔叔。”

“你就想想玛利亚·博菲，难民营里的那个姑娘。她连文身都没有，皮肤和男人一样滑。想想若阿金妮娅，想想蒂妮娅。这俩都有文身，你摸她们的肚皮，感觉就像树皮。”

“不是皮肤问题，也不是文身问题。问题是想不出来。”

“就是皮肤的事，我知道。你见过没鳞的鱼吗？鱼总得有鳞。没有文身，女人不活泛。看看，你现在又如何？光听这种事，你就活泛了。加油，孩子，我帮你。就把我的手当成若阿金妮娅。”

两个人背靠着背睡着了。他们坐着醒来，依然保持着入睡时的姿势。夜色降临，雨声停歇。大地犹自散发出清甜的香气。漆树下面，他们精神饱满地起床。不知什么原因，他们比赛起唱歌来。之后，他们跳起了舞，用铁罐奏出鼓点。他们好像变成了傻瓜。

“我们这是喝多了吗，叔叔？”

“这是藏在血液中很长时间的酒。我年轻时，喝过太多了。”

他告诉我他迫切需要喝酒：尿，在他的体内，让他很热。几乎是在烧，都要沸腾了。解药唯有喝酒，灌进液体，冷却体内翻滚的水。听完解释，俩人都笑了，敞开心胸，恣意大笑。突然，木丁贾安静下来：

“我们这样吵，会不会有危险？”

“你大声地笑，会把恶灵吓退。”

老人继续跳舞。木丁贾这次却没有陪他一起跳，而是靠在一棵大树上。老人惊奇地看着他。

“笑一笑，孩子。你一笑，快乐就会来了。”

之后，图阿伊也不跳舞了。他颓然地躺倒在地上。之后，他坐起来，摇了摇头。

“你说得对，孩子。我们越来越引人注目。”

那一刻，他们吸入了悲伤，雾气越发浓重。然后，孩子问老人：为什么他想不起原来的事呢？是因为比周围土地还多的雾遮隐了生病之前的那段时光，所以他才想不起来吗？

“我重新学习一切：走路，说话。我的眼睛想起了怎么阅读，我的手指也没有忘记怎么写字。但是我的过去却一点都想不起来。为什么，叔叔？”

图阿伊告诉他实话。孩子曾被送到巫师那里。老人求巫师把那一切从他的脑子里清了出去。

“我这样做，是因为你还是想不起来这段过往比较好……有病对你来说是幸运。你能忘记一切，而我却不行，我总得带着负担……”

图阿伊明白了：关于那段无望的日子，肯祖的日记带给这个孩子一段别人的回忆。至少，他深深相信那一切，其实那些故事不过都是幻想，把它们讲出只为假装是真的。

“孩子，你知道我们要做什么吗？你把日记读给我听。”

“现在，这么黑？”

“在外面生个火。”

“可是，下雨了，柴都湿了。”

“好吧，我们在车里生活。找点东西，点起火来。”

“行吗，叔叔？不会有问题吗？”

“由着这团黑暗钻进人脑袋里才会真有问题。我们不能跳舞，也不能大笑。索性进到这些本子里吧。在那里面，我们可以唱歌，可以玩乐。”

肯祖的第七本日记

醉醺醺的向导

我已经厌倦了待在阿萨内家里的日子。有什么盼头？苏雷德拉和阿萨内都没法帮我找到加斯帕尔，法丽达丢了的儿子。如果我征求他们的意见，他们只会缩着肩膀，不肯作答。对于他们，我的这桩事儿很奇怪，仿佛来自另外一个世界。

这一阵子，他们向我确认了一件事：欧吉妮娅的村子遭遇了袭击，目前已经没人了。欧吉妮娅现在可能在难民营里。我确信那个知晓加斯帕尔行踪的女人一定在那里。但是，怎么去找她？丛林里危险重重，没人愿意陪我一起去。安东尼尼奥，商店的帮工，在我的轮番轰炸下，告诉我他认识一个人，可以带我从外围绕过去。我们得去酒馆儿，只有在那里，才能找到那个倒霉蛋。

这天晚上，我和安东尼尼奥一同来到酒馆儿。我走进去，待在柜台前，听着在场的人遥远的声音，几乎所有人都喝多了。管理处的发电机每天只给村子送两个小时电。很多人利用这个时间，聚在酒馆儿里，谈天说地，以大声喧哗来弥补软弱。有两个男人在争吵，压过了其他一众人。安东尼尼奥认识他们。一个是胖子，块头很大，衬衫上扣都没了。他叫阿巴卡尔·鲁伊索尼奥。另一个人叫金蒂诺·马苏亚，是个神经质的男人，他实在是太瘦了，仿佛连想一下重物，都会让他出汗不止。这个金蒂诺拿起酒杯，庆祝他的好运：

“我要发财了，会有很多钱。”

在场的人全笑了，都不相信他，觉得就是玩笑话。他们举起酒杯，恭喜了他。安东尼尼奥对我耳语，几下就向我描绘出阿巴卡尔·鲁伊索尼奥的形象。他是安保部门的头头，为人算差，但还可以容忍。因为他可以随便去哪儿，挥舞着证件，任命他就是为了让他查访、监视、记录言行。他的活儿主要是统计活人数量，掌握有多少无家可归者从难民营逃到这里。他每天在街角斜吊着眼睛，数数：一个，两个……二十个……人数越来越多，到后来全乱了。他便开始重数。有时，他会暴跳如雷：这帮人一刻也不消停，真他妈的！可以确定的是这个胖子并不坏。至少，瘦子金蒂诺从来不怕阿巴卡尔。瘦子指天发誓：

“我现在和你们说：明天我就能给你们好处了。你们最好和我保持一致。谁反对我，谁就拿不到钱。”

大家并不在意真实，酒馆儿里烟雾缭绕，离真实生活太远。从此刻的贫困出发，人们为未来虚假的富有而欢呼。他们要的是更多幻想。人们开始欢庆，无需任何东西，只需苦酒一杯，抹去所有哀愁。

唯一一个不觉得有趣的人是胖子阿巴卡尔。他严肃如星期一，驳斥了金蒂诺的宣告。

“都是政治不正确的醉话。”

这时，一个奇怪的男人走进酒馆，宽皮带上别着一只手枪。看到他的出现，酒馆里的人面面相觑，不发一语，埋头喝自己的酒。我问安东尼尼奥这是什么人。

“这个人是舍塔尼。我们还是走吧。”

沉默停驻在酒馆里。然而，金蒂诺·马苏亚却不以为意，仿佛对危险毫无感知。为了证明自己，他爬上一把椅子，宣布自己就是镇子里众说纷纭的那件大事的始作俑者：

“在海滩上发现的那些纸币，是谁撕碎的？是我，金蒂诺本人。”

胖子阿巴卡尔咂摸着啤酒，把话咽了下去。在场的人停止庆祝，正襟危坐。安东尼尼奥拉了下我的胳膊，坚持认为我们该走：

“上帝保佑，我们回家吧！”

玩笑开大了，钞票那事可是一件大事。舍塔尼的手已经放在了皮带上，差一点就要扣响扳机。但是瘦子金蒂诺犹自喋喋不休：

“你们看看，我们现在受的罪，是为什么？”

他转头问我，仿佛我知道腰果树不开花的原因。阿巴卡尔和我说话，希望我平静下来：

“不要搭理。这里很落后，又野蛮又无知。执着值得吗？启蒙这些蠢人值得吗？我以为值得。反正也没什么不好的：一粒一粒吃，鸡嗉子里总会装满粮食。”

大块头阿巴卡尔很好客，邀请我坐在他身边。他一边喝，一边打开了话匣子：

“鸡嗉子里的就是赚下的！”

这男人靠近我，几乎呼气到我脸上。我觉得，看这姿态要谈隐秘之事，他应该会和我耳语。但是他的调门却依然如同走调的牛角号：

“我告诉你，我生金蒂诺的气，因为我喜欢他。这家伙不懂我是想保护他。我这样对他，假装他脑子有病，为的是让大人物们觉得他就是个傻子，话里没什么真的。你知道，瞎子的地盘上，独眼龙也保不住那只眼。”

突然，传来了巨大的爆炸声。电灯闪了几秒，之后彻底灭了。黑暗中我们沉默不语，等待着新的爆炸。只能听到一个声音：

“王八蛋，就是在这里！”

谁在开枪？军队还是匪徒？射的又是谁？有人点着了一根火柴，柜台上一支蜡烛亮了起来。之后，几盏油灯点亮，分配给每桌一个。金蒂诺第一个说话，重又调动了气氛：

“那么，你呢？什么话都没有？”

这男人走近我，我无路可退：我已卷入了争端。越想置身事外、远离是非，越是深陷其中。男人神色紧张，呼的气几乎喷在我脸上：

“你一个外地人，听我说。这个地方发生了很多恶心事儿，所有人都不敢说话。我知道谁在这里杀人。不只是匪徒，还有其他人。”

喝酒的人都耸了耸肩膀：金蒂诺的话听起来就像刚发生的那场爆炸。金蒂诺却坚持己见：有些事大家都知道，但就是没人敢说。

“现在，在莫桑比克，战争就像种地。”

他解释说：“战争生出了太多钱。每个人都播下一场小战争。每个人都用其他人的生命来挣钱。”酒馆一片死寂。这时，传来了舍塔尼气喘吁吁的声音：

“这家伙真是无法无天！”

金蒂诺无所畏惧地继续讲，毫不在意那位老战士的存在：

“所以，这场战争永远不会结束。就是这样，千真万确。阿巴卡尔也知道。他不说是因为他是个混蛋，臭狗屎。”

这是最后一根稻草。阿巴卡尔不发一语，在积蓄情绪。我之前没有注意到他竟喝了那么多酒。过多的酒精让他看起来很专心。他腿部虚浮，腹部凸出，就像个括号，把体重囊括其中。突然，他挥拳一击，打在金蒂诺的脸上。他一下子就倒了，弄出很大动静。金蒂诺躺在地上，一动不动，毫无知觉。他的周围，一圈声音在呼唤他：

“金蒂诺，醒一醒！”

他完全不回应。难道这个人死了？我天真地问大家。其他人大笑起来。我不该大惊小怪，这种事太稀松平常了：瘦子经常这样过夜，就睡在地上。阿巴卡尔按得指节啪啪作响，他走到了我身边。

“我得教训他一顿。我不爱打人，只想让这家伙闭嘴。”

这里一片昏暗，只有油灯发出点点微光。这时，一个女人在一只大狗的陪伴下出现。安东尼尼奥小声告诉我：这个女人叫茹利亚娜·巴斯蒂娅娜，是个瞎眼的妓女。我盯着这个女人看，沉默又回到了这个烟气呛人的地方。舍塔尼叫阿巴卡尔过去，在他耳边交代了一些事。两个人高声而又难听地大笑起来。盲女人在桌子之间行走。她的手轻轻地触碰大狗的脊背，就这样为她带路。

“我闻到了外地人的气味。也许会给我带来我的准将的消息……”

她居然因为相思而叹气，简直不像是个在风月场上打滚的女人。盲人的举止让她看起来不像是那种野鸡。她刚到就闻出了我。她的裙子紧紧包住身体，屁股只怕憋得不能呼吸。

“不要害怕这条狗。比起很多同类，它的脾气好极了。”她冲着大家说。

她要了点钱，之后点了三杯酒。她让狗出去，在外面等她。狗温顺地把尾巴夹在腿之间，离开了酒馆儿。我环视左右，大家聊得正欢，个个笑逐颜开。仿佛刚才并没有发生枪战，仿佛根本不存在外面的世界，一切都浓缩在这间小酒馆里。盲女人好像猜出了我的心思。

“感谢上帝，我是个瞎子。外面的世界越来越不好了。因为这场战争，大家对别人都没有同情心了。”

她告诉我她为什么叹气：她在等待希尔维里奥·达米昂准将，这个人是她在军中的情人，在殖民军队里品级不低。茹利亚娜讲起故事：准将刚刚离开，他接到最新命令，去镇压独立叛乱分子，捍卫葡萄牙人的领地。盲女人弄混了时间，把过去当成了现在。她突然把手伸进袋子里，掏出一沓信封。

“都是他给我写的信。没有一个星期不给我写信。外地人，你要读一读吗？”

我犹豫地接过信件。我一封都没有读。利用这个时间，我向她解释我为什么会出现在酒馆里。也许，她可以告诉我什么人能陪我去丛林里找人。茹利亚娜·巴斯蒂娅娜没有回答，仿佛没有听到我的请求。我想，我得再多讲一些理由，我欠她一个解释。但是她打断了我：

“是因为爱吗？”

“是的。因为爱。”

“好了。我不用知道那么多了。”

我感激地笑了。我满怀敬意地捧起信件，仿佛她可以看见。我慢慢地将信封放在桌子上。人们充满鄙夷地看着我。我，一个外地人，居然就找上妓女了。我放低声音与姿态，不想惹是生非。周围的人都不是朋友。我此刻才发觉，安东尼尼奥已经离开了酒馆。茹利亚娜好像猜中了我的心思：

“你不要害怕。那些家伙害怕是有原因的。”

只有希尔维里奥准将，她那遥远的爱人，是个真正的男子汉，完全不怕任何人。正因此，当她宣称希尔维里奥准将很快就会回来时，其他人总是很生气。

我回到我的问题，告诉她我是去找一个丢了很长时间的孩子。茹利亚娜回之以可怕的预感：如果丢了很长时间，这孩子恐怕早就成了土匪，亡命丛林，杀人如麻。

“即便如此，我也要找到他。”我回答道。

我想赢得时间，向这个妓女不断示好，希望她吐露一个人名，能给我带路。

“你有枪吗，外地人？没有？太遗憾了：因为你该教那孩子用好方法来杀人与抢劫。”

她从袋子里掏出一支烟，并不点上，放进了嘴里。“只是为了让别人看到。你不知道这东西多招人嫉妒。”她摇着烟说。

“你会找到那孩子的，但是不要给他笔或是锄头。这些都不能让人维生。还是枪好，外地人。这个年月里，有枪才能活。又快又好。”

从那支没有点燃的香烟里，她吸出无数看不见的烟雾。她转动脑袋，辨别着声音。她摇了摇椅子，引起我的注意。她指着旁边那张桌子，舍塔尼坐在那里。

“你不知道我和你单独坐在这里得冒多大危险。”

我很快就明白了。酒馆深处，舍塔尼喊茹利亚娜过去。那种方式就仿佛在拨散炭火。

“你来一下。我想给你看样东西。”

茹利亚娜庄重地起身，摸索着声音。我想扶她过去。但是她拒绝了我，让我离远一点。她走向前去，没有撞到任何人，最终在舍塔尼面前站定。

“是什么？”

“伸出你的手，我要送你一件礼物。”

“滚回丛林去，你的地盘在那里。”

“我和你说，茹利亚娜。这个礼物，是一位殖民军队的准将委托我送的。”

妓女的身体在颤抖，而眼睛在微笑，泛出模模糊糊的光彩。她向前迈了一步，身体坚毅，仿佛一个信念。舍塔尼推开桌子，慢慢地站了起来。他抓住茹利亚娜·巴斯蒂娅娜的手，用力掰开她的手指。

“拿好，茹利亚娜·巴斯蒂娅娜。”

他把一样东西放进她的手中，没人知道那是什么。摸了这件礼物之后，笑容在她的脸上凝固了，很快，变成了伤楚。她发出了一声哀嚎，哭了起来。她回到我坐的这张桌子，但这一次她走得踉踉跄跄，撞到了别的桌子。

“怎么了，茹利亚娜？他们对你干了什么？告诉我。”

我帮她坐下。她的身体非常僵硬，仿佛神经被勒住了。她的脸上，流淌着悲伤的泪水，冲掉了搽的香粉。我再一次要她告诉我发生了什么。

“看，他们对我的狗做的。”

她张开手。上面有一对切下的耳朵，血还在流，红色浸染了她的手指。我不假思索地推开椅子，向那个警察扑去。但是半路上茹利亚娜的手惊恐地拦住了我。

“你去哪儿？”

“他得接受教训，茹利亚娜。有人得……”

“消停点，傻瓜。”

茹利亚娜喊出了这些话。她的胳膊举到半空，胡乱挥舞，说话就像着火一样。她用力把我拽回座位，那双无用的眼睛昭显出她必须阻止我的决心。最终，见我投降了，她才宽慰地叹了口气，仿佛从心底释放出不能说的一切。

“他没有恶意，外地人。”

“怎么会没有恶意？”

“你不懂。是我求舍塔尼这样做的。狗生病了，而我没有勇气……”

我听不下去了，转身离开。我走到门口，想呼吸一下新鲜空气。我经过舍塔尼身边。另一个妓女正伏在他的腿上，给他赢家才配得上的柔情。茹利亚娜坐在椅子上，沉默地喝着酒。

时间渐渐消融，酒沫降到了杯底。夜晚接受了众人的告别。酒馆里空椅子渐渐多起来。茹利亚娜·巴斯蒂娅娜坚持付钱。她从胸罩里取出钱来，接着把找零又放了回去。硬币叮当作响，仿佛她的胸挠得它们很痒。我最后一个才走。我数不出自己有多少只脚。完全没有注意，我竟喝得超过了酒量。

我深吸了一口夜晚的空气。外面，人群渐渐散去。有人拽着金蒂诺的胳膊，把他拖了出来。人们把他放在路上，他注定要在星星的被单下睡觉。一只胳膊拉了我一下，是茹利亚娜·巴斯蒂娅娜。她把我拉到她面前，低声说：

“那个人，那个躺在路上的人。”

“那个人怎么了？”

“他对丛林了如指掌，比动物更来去自如。”

“金蒂诺？”

“是的，他可以给你带路。”

盲女人挽着另一个妓女的胳膊，渐渐远去。所有的人都走了，只剩下我和这个醉鬼。远处，一只收音机还在撩拨着寂静。我坐下，等待他从无意识中苏醒。只有我们两个，我和酩酊大醉的金蒂诺，浸润在夜雾之中。对法丽达的思念忽然将我淹没。我能再看到她吗？还是说，我将再也无法拥有她的美丽？总之，人生的路上，总有看不见的计算：我们拥有更多昨天？还是更多明天？我希望时间后退，停滞不前，就像那艘遇难船一样。

然而，这醉鬼没办法醒来。睡意在我的脑袋里褪去衣衫，殷勤地邀请我。拒绝它让我痛苦难当。我站起来，决定在附近走一走。我并非是不爱快乐之人：我总用唱歌来治疗悲伤。我哼起一支古老的歌谣，在漆树的香气中行走。

黎明时，我决定回来找金蒂诺。我想知道他是否接受给我带路这份工作。突然，一个人从黑暗里冒了出来，我吓得汗毛竖立，出于自卫，将这个人打倒在地。争斗之中，我感觉到这具陌生的身躯有曲线起伏：是一个女人，她的乳房正在我的掌握之中。

“居然是你？”

卡洛琳达，管理官的妻子，冲破了剪影，从黑暗中解放出来。打斗中，她的衣服被撕破了。现在，光线灼灼中，她只以自己的身体装饰，就像蜜蜂在花上采蜜。她脖颈后仰，挑衅般地笑了，舌头狡黠地伸到外面。那一刻，卡洛琳达让我想起了法丽达。她们的脸上有某种相似的东西。或者，是欲望之火让我觉得所有的女人都一模一样？我们的手紧握在一起，仿佛害怕分离。我们就在教堂附近，急需找到一个地方。

“教堂不行。圣人们喜欢偷看。”

我们在庭院里转了一圈，走进了教会的牛棚。里面有一盏油灯发出微弱的光。我用闲着的那只手拿起灯台，和她一起往里面走去。我们踩在干草之上，常常彼此绊住。这是一种舞蹈，尚且没有创造出音乐配合。我们急切地脱下衣服。我把油灯挂在牛角上，和她一起躺在干草上。

第八章

火车的叹息

“孩子，我要向你坦白一件事。我知道这是真的：不是我们在走，而是路在走。”

“很久以前我就说过了。”

“你说过，没有的事。是我现在说的。”

图阿伊承认：他每一次带这孩子上路，其实都是假的。因为没有一次是真的远离了公车。

“我们一直在附近走，离得没多远。”

一切都发生在公车附近。是整个国家如梦游一般列队行经这里。斯格雷托的萎谢，尼亚马塔卡的造河，老女人们的捉蝗虫，所有一切都发生在这条路上。

“孩子，就是这样。我们在走。在这辆静止不动的公车上，我们也没有停止过前进。这让我想起了坐火车。”

老人双目迷离地回忆着。他想起火车喘着粗气在草原上行驶，带来远方的善意，矿工携带无数礼物到来。他的回忆中充溢着蒸汽与烟尘，睡意昏昏的车站因此雾气蒙蒙。火车有多长时间不来喷吐魔烟了？

“你听过火车说话吗？”

“从来没有，叔叔。”

“很好听的。突突突—突。”

图阿伊在回忆过去。他曾经在火车站做过事。战争爆发后，火车不开了。但是他依然与他的灯和旗子一起坚守岗位。那盏灯是茫茫丛林中仅存的光源，仿佛并不属于人，而是属于整个大地。图阿伊每天黎明准时抵达车站，打扫站台，检查站牌。他坚守信念：总有一天，火车会再来。那一天到来时，他会站在最前面，制服挺括，一切有序。一如从前，他会以节制的庄严，向车头致意。车厢将拖走钢材的叹息，女孩子们会挎着篮子，跑来跑去售卖水果。生命将再一次沐浴在光明与声音里。

“好几次，我都想照我从前在车站的样子打扫一下公车。但是现在不值得。”

“为什么不值得？”

“因为不值得回答你。看到这个哨子了吗？”

他从衣兜里掏出一个旧哨子。这是一个护身符，陪他度过了很多岁月。

“带上它。会给你带来好运的。”

木丁贾一开始不肯接受。这哨子携带着只有老人才懂的感情。但是图阿伊坚持给他，他才最终收下这个小物件。但是，在他的心里，始终有个结。为什么公车不值得照管？为什么叔叔会这样颓唐？因此，他全心全意地和图阿伊说话，说起未来的好日子，一切都在他们的手上。他俩会一起照管车站，亮灯、挥旗，指挥火车通过。

“叔叔不是总爱说，一切都可能发生？”

“我这样说，因为我已经失去了希望。”

“骗人。如果你失去了希望，为什么还要送我这个哨子？”

这时，老人要孩子接着读日记。他们分享这种乐趣，一如平日里分享食物。还好你会阅读，老人评论说。倘若没有阅读，那他们真的要孤独死了。现在，他们的幻想正在本子上的字母中行走。

“读给我听，孩子。你一边读，我一边干个活儿。”

然后，老人做好了一个油灯，打开一块红布。他采下一根棕榈树枝，做成一条扫帚。他一边唱歌，一边把公车里面扫得干干净净。孩子微笑着，翻看着日记本。老人焕发了精神，一如往昔工作时。木丁贾仿佛正坐在车站里，等候下一班列车。

图阿伊将烧过的尸骨收在一个旧罐子里。之后，他走出公车，将骨灰撒在四周的土地上。

“你在做什么，叔叔？”

“我在施肥。明天一下雨，就会起作用了。继续读，孩子。别停下来。”

肯祖的第八本日记

金蒂诺的回忆

我醒来时，已是上午时分。卡洛琳达已经走了。我捡起散落在地上的物品，发现卡洛琳达掉了一根项链。我拾起这件饰品，把它收好，准备将来还给她。

我走出牛棚，阳光照得我发怔。我返回酒吧，想找到金蒂诺，求他和我一起去丛林。在酒吧的院子里，有一群人在吵吵嚷嚷。一个男人扶起金蒂诺，用力架着他。金蒂诺无力反抗，他的脚步跟不上腿，一路踉踉跄跄、磕磕绊绊。路是那个男人选的，反正，对于一个醉鬼，哪个方向都可以。我准备上前要个说法，这时，一只胳膊善意地阻止了我：

“不要管，最好不要卷进去。”

那一刻，我才看清是舍塔尼在架着金蒂诺。现在，他身穿制服，金蒂诺瘫在他的胳膊上，连同口水，吐出几个单词或音节。我得救出金蒂诺，这个醉鬼对我很重要。

“请原谅，同志。但是，我可以照顾我的朋友。”

舍塔尼不信任地看着我。他的脸在抽动，鼻孔在喷气。他在笑吗？

“帮我把他放下来。”他同意了。

我拉着金蒂诺的胳肢窝，从来没有见过这么空虚的胳肢窝。我一个人驮起这个醉鬼的整个身躯。

“你背得动吗？”舍塔尼问我。

“他没有多少重量。”

就在那一刻，一支手枪映入我的眼帘，我吓了一跳。看到这枪，我的肝儿都在颤。这位老战士在所有人面前威胁我：

“和我走！背上这个混蛋！走啊！快点！”

我背着金蒂诺走在路上。我的脑子很乱。现在这种情况说不清也道不明。我到底犯了什么罪？这个年月，想关一个人还需要理由吗？我们在管理处前停下，手被绑了起来。金蒂诺还是云里雾里，完全搞不清状况。他没头没脑地说：

“今天是星期日，明天也是。”

他紧闭着眼皮，仿佛害怕想法通过眼睛逃走。之后，他数起肋骨来，一根又一根。他痒得笑起来，数不下去了，就重新开始。

“二十四根！和一天中的小时数一样！肯祖，你发现了吗？这个世界，所有的东西数起来都一样。”

很长时间过去了，绳子几乎要嵌进我们的肉里。最后，管理官埃斯特旺·约纳斯终于在随从的簇拥下来到了我们面前。里面有几位是部门负责人，都穿着制服。他们无言地注视着我们，仿佛我们身上集中了世间所有的罪孽。阿巴卡尔·鲁伊索尼奥缓缓地说起了话：

“长官，放冰箱里吗？”

“想都不要想。这些人有办法对付冷冻。我不想把事儿搞大。谁知道呢？这个人……”

他指着我。阿巴卡尔往前一挺肚子，准备发言。但是，管理官一扬眉毛，咬牙切齿地发布了命令：

“去把我太太叫来！”

他说话时连嘴皮都不动，看起来真气坏了。卡洛琳达低着头出现了。她抬起头，眼神笃定，在指控我：

“没错，就是他。”

卡洛琳达指着我。接着，她垂下了眼睛，再不肯面对我。寂静岿然不动，压迫住气氛。我记起，我还拿着卡洛琳达的项链。如果搜我的身，就真的没救了。因为恐惧，我蹲了下去。在警察的护送下，管理官的妻子沿着走廊离开了。埃斯特旺·约纳斯说：

“我太太看到你撕碎了钞票，扔进了海里。”

“不是这样的。”

阿巴卡尔一件件出示着证据：废了的钱，一片一片的，还滴着水。他们把那一坨黏答答的东西向我扔来。金蒂诺迅雷一般捡起残币，想把它们拼好。他用两只手数钞，嘴里不断念出数字。他的眼睛半睁半闭，遨游在财富的碎片里。埃斯特旺·约纳斯告诉属下他要单独和我待会儿。他一直沉默不语，待所有人都离开后，他才发问：

“我只想知道一件事：你上没上过卡洛琳达？”

我断然否认。管理官已经听过了卡洛琳达的说法。他妻子为晚归辩解，说在海滩上看到一沓钱。她弓身去捡，却再也直不起腰。就这样，她被钱绑住了，几个小时不能脱身。

“我知道这种巫术，不可能是这里的人干的，只能是你派人干的。我并不在乎这些乱力怪神。但这是政治行为，是敌人干的，是对国家象征的滥用。”

接下来，他不断威胁我们。等明天，我们就会知道挑衅权力的代价有多大了。埃斯特旺·约纳斯砰地关上门，离开了这里。金蒂诺逐渐恢复了神智，开始大哭起来。他喝得太多了，以至于眼泪里都有一股酒味。随着涕泪流出，他越来越清醒。我看着我的同伴，甚至为他从醉酒中醒来而难过。同样的酒，昨天让他勇猛无比，今天就把他扔进了沟里。我把他召唤回现实，因为再没有其他时间能约他一起前往欧吉妮娅栖身的难民营了。我给他准备了好处。这年头，又有谁能无私地帮人？

“带我去丛林吧。作为交换，我带你去法丽达登上的那艘船。你爱拿什么就拿什么。”

他同意了。其实他也想逃离。他向我坦白，一个鬼魂在纠缠他。鬼魂？是的，是殖民时期他主人的亡灵。

“异乡人，我会告诉你我的故事。”

“是肯祖。”我纠正他。

“肯祖。”他接受了建议，然后开始讲述。他的故事值得记下。

事情发生在金蒂诺决定去老房子的那一天。他曾作为仆人在这里工作。他想去看看主人有没有剩下什么财物。他并没有使用“偷”这个词。也许可以用“收归国有”。财产收归国有，给原住民造福。他撬开门窗，进入了这幢老宅子。他一进入，便感觉到一种亵渎坟墓般的负罪感。因为就在这栋房子里，在地窖里，埋葬着罗芒·平托，一家之主，房子的所有者，也是他的主人。他死在独立时动荡的岁月里，那一段时光对于这个殖民者不啻于一场灾难。他是怎么死的？没有确切的说法。有人说，他死于天谴，因为他和情人在经期做爱，从她那里沾到了血。的确，这个男人对黑人女性有特殊的癖好，他的身体急不可耐地渴求着她们。而且，从这个偏好里，他获得的快乐确实远远多于不快。还有人说，葡萄牙人看到他的棉花田全烧着了，才死了过去。是他在田里点的火。“如果不是我的，我也不给其他人留着。”他疯子一般地大喊，手上的火把在熊熊燃烧。看到棉花田变成了火海，葡萄牙人的心碎了。在他轰然倒地之前，他的身体已经僵硬如石。葡萄牙人的死亡有着无数个版本，是聚会时津津乐道的话题。无论如何，这位山后省[①]人死于奇异的力量之手。也许他不是一次死亡的受害者，而是几种不同的死亡。

十年后，当金蒂诺的手指掐着点燃的火柴走下地窖，他依然可以感觉到棉花田熊熊燃烧的气味。桌子上，一枚旧油灯接受了火苗，照亮了整个房间。金蒂诺的眼睛适应了光线：一切都很干净，一切各安其位。家具在黑暗中呼呼大睡，棺材还摆在地窖中央，仿佛无法治愈的痼疾。金蒂诺·马苏亚以一种业已忘却的仆人姿态，用手拂去灰尘。突然，一阵喧哗冻住了他的神经。他张望了一下，尽管他根本不想看到：死人，他原来的主人，从停尸床上坐了起来。罗芒·平托，殖民者的子孙，消失了十年之后，又一次回到了这栋房子。他保持坐姿，仿佛回归耗费体力。之后，他开始查看起自己的脚：

“我的鞋呢？”

他眨巴着眼睛，环视四周。他蜷起双腿，满身是汗。从这粗鲁的举止可知，他在阴间停留时，从未遇上任何一位神祇。

“狗日的黑鬼，把我的鞋偷走了。”

因为这个，他大吼大叫，暴跳如雷。说什么“人都没法有

---

① 葡萄牙原行政划分中的北部省份，因为穷苦，该省的人多移民海外。

尊严地死去了”，“刚一蹬腿，别人就开始抢东西了”。他一边说话，一边检查，确认衣服、戒指与值钱的东西都在。金蒂诺走上前去，小心翼翼地说：

“不是我，主人。”

旧日的仆人指了指自己的脚，作为证明。他没有穿鞋，脚上只涂了一层白漆：“这是现在的做法，主人。我们都这样做，往脚上涂漆。”金蒂诺说。说完，他就感觉到了震惊，因为他竟用了这个词：主人！？他从来没有想过，如此短的时间里，他又一次变成了附庸。

“根本没有鞋子，主人。这件东西根本找不到。因此，人们才从死人身上扒。”

死人站了起来。他揉了揉眼睛，用手敲着棺材。

“这么多年，我的脑袋就顶着这破玩意儿。”

金蒂诺笑了，与其说是想笑，不如说是害怕。他知道，如果不做仪式，刚死的人会拒绝离开凡间。他就和夫人提议过：最好搞几场仪式，和主人告别。

“那个臭女人怎么回答的？”

“她拒绝了。”

“拒绝？为什么拒绝？”

“她说主人你不是一个人走的。你有般配的伴儿。”

白人轻蔑地笑了。他摇着头走开，仿佛在无言地驳斥。他忘记了怎么走路，用了很长时间，才学会正确地迈步。金蒂诺几近温柔地注视着归来的人。很多年里，这个男人藏身于隐秘的领地，行走于冰冷的云中，那里，没有任何人侍候他。死去的那些年里，谁照顾他的生活？还有，他为什么要回来？金蒂诺不禁怀疑起自己的所知：死人自有其启引仪式，我们应该让他们安息。他们正走在通往永恒的路上。这些死人正在学习做个死人。罗芒·平托失去了站立的习惯，在晕头转向中寻找着平衡。死人光着脚，磕磕绊绊地跳着。金蒂诺之前从未见过主人的双脚，它们刚刚苏醒，正在认读着地面。白白的脚真是羞人：不穿鞋子，看起来就像吓坏了的女人。

“杀千刀的，你个婊子养的，我第一眼看到的居然是你。告诉我，我太太在哪里？”

“夫人吗？”

“是的，维吉妮娅夫人，我太太。这操蛋娘们死了吗？”

“维丽吉妮娅夫人？她没死。活得好好的。”

“我就知道！真是个老不死！”

罗芒爆出一阵大笑，旧仆听得毛骨悚然。金蒂诺胡乱猜测：这大概是嫉妒维吉妮娅能活吧。而这么多年，他那口棺材在地窖里都长毛了。

他是被匆忙下葬的。实际上，公墓里到处都是吃尸体的蚂蚁。当魔鬼揉一下眼睛，它们就会吃下一具尸体，葡萄牙神父这样警告大家。因此，他被安葬在地窖里，这里连老鼠都进不来。他的孀妻去往别处，房子陷入了沉睡。一旦房子没人住，就会显得特别大。

“我想出去。我要去周围转一转。”

“别出去，主人。现在可不比你当年了。主人您谁也不认识。”

“我谁也不认识，又怎么样？那么现在谁掌权？”

“是埃斯特旺·约纳斯。主人您不可能认识，他是外地来的。”

“好吧，等你离开这里，要做的第一件事就是把这位长官同志给我叫过来。听明白了吗？”

金蒂诺点了点头。此时，罗芒突然摆弄起他的衬衫和裤子。他找到一块污渍，是干涸的血迹。他开始抱怨：“萨丽玛，臭娘们，会付出代价的！”

“金蒂诺，你知道我的真实死因吗？就是因为萨丽玛这个臭娘们。”

“萨丽玛干了什么？”

“是我干了什么。我上了她，她来了月经。”

“天啊！主人！”

“不过我报复了，我强迫这女人和她的绿帽老公也睡了。至少我们得一起遭殃，没人能活着独占这个女人。”

“可是她丈夫没有死啊。”

“没死？怎么会没死？”

“我说了呀，那家伙至今活得好好的。”

“他妈的！不可能！”

罗芒·平托不愿意相信。他用手指抓着头发，然后走到窗边。他盯着迎面而来的世界，面容悲伤，就像自由在凝视囚犯的双眼。他想起了生命里最后的日子，一切清晰地重现，仿佛就发生在昨日。

那一天，罗芒·平托无声无息地来到那一片阴暗的小房子。他深吸着番石榴树浓重的芳香，仿佛要用鼻子咬住那红色的果肉。他站在树下，朝阿卜杜拉·雷马内的作坊张望。不久之后，这位穆斯林要出门了，他会带上铁皮，去邻近的街区焊接。

罗芒等得不耐烦了，他靠在番石榴树光滑的树干上，恼怒于修车工的磨磨蹭蹭：

“你个戴绿帽的，还不快走！”

阿卜杜拉总算收拾好了行囊。他挑起眉，叫他的妻子过来：

“萨丽玛！”

她来了：她全身裹进一块白布之中，更增添了几许魅惑。女性的某些美是成为女人之后才有的，这些美最为光彩夺目。罗芒·平托自言自语：“一个不怎么孤单的男人怎么就不能占有这些棕色皮肤的尤物？黑女人嘛，愿上帝保佑我。但是这些黑白混血儿是谁生出来的？难道不是我们，葡萄牙人？既然如此，我们当然有权品尝她们性感的肉体。他妈的！萨丽玛落这黑鬼手里可真浪费了。”

终于，阿卜杜拉消失在视线之外。罗芒走出树荫，向这栋房子奔去。他没敲门就进来了。萨丽玛正埋头干着家务，被他吓了一跳。他走到她身后，想擦去她胳膊上的一块油污，该是蹭到了车库里的机油。她往旁边一闪，躲过了他：

“别碰这块油污，罗芒。我丈夫会检查的，是他给我抹的，为了保证我不偷人。”

两个人都笑了。他仪表堂堂，而且很有地位。他解开混血女人的衣扣，爱抚她的乳房与硕大的臀部。

“太黑了。我们打开发电机吧。”

她连考虑都不考虑。发电机噪音太大，一打开他们就听不到外面的动静了。绿帽王阿卜杜拉随时都可能出现。在黑暗中，葡萄牙人紧握住她的手，迷茫的战栗中，萨丽玛缴械投降：

“罗芒，你答应过我……”

“答应过你什么？”

“把我带到……”

“好的，我带，我带。”

这个猫捉老鼠的游戏，他们玩了多久？罗芒不做过多爱抚，直取萨丽玛的身体。他把女人举到半空，口出调戏之语：正面还是背面？无论她以什么姿势躺在垫子上，他都会赢得赌注。其实，对于他，这女人的正面背面都一样。

现在，浸身于厨房的昏暗之中，他们扭着身体，如猫一般，为彼此欢庆。萨丽玛除去衣衫，肉体散发着甜香。

“罗芒，为了让你快活，我该做什么？”

她一向以穆斯林的方式，侍候她的主人。做爱到最激烈的时候，她总会打断：我这样，你好不好？那天下午，罗芒汗津津地躺在厨房的长椅上被她侍候，她坐在他的腿上，想比平日做得更好。然而，葡萄牙人却几乎没有时间做完：房门发出声响，吓坏了他。他急忙离开，裤子都没提上，差点被后门的台阶绊倒。当他看到小路，才平静下来，看到自己的样子，不禁大笑起来。趁着裤子还没提上，他撒了一泡尿，据说，性交之后撒个尿，可以冲洗干净尿道。他靠在一棵树上，像狗一样释放出尿意。开始时，他感到很惬意，这就像在沙漠之中打开了水闸，滋味真妙不可言！但是，水流淌的时间已经长到不能计数了，他开始焦虑起来。他想停下来，但却不行。一升又一升的水从他的体内奔泻而出，汇成一道洪流，其他人都做不到。现在，出水的地方已经开始疼了，存水的东西在缩小，功能在衰退，但就是怎么都停不下来。

“上帝啊！我中了巫术！”

“肯定是那个臭娘们给我施了巫术，不然，我不可能一直这样尿尿。”葡萄牙人哭哭啼啼的，话都说不清了。水一直在流，仿佛打开了云朵的天窗。他哀求上帝的帮助。绝望到极点之时，水停住了。筋疲力尽的罗芒·平托赶紧去看他那用力过猛的私处。当他看到那幅情景，他的心都被穿透了：内裤上都是红色的污渍，几乎在滴血。

“那婊子来月经了，天打雷劈的！”

他转身往回走，愤怒得发狂。他想惩罚那个混血女人，挖出她鲜血淋漓的心。然而，这男人脚步虚浮，跌倒在地上。他躺在那里，失去了意识。他想呼喊，叫人来救他。但是他的呼喊一冲出口，便化为了水与浆糊。从他的嘴里，流出了第一缕鲜血。

当他恢复过来时，已是凌晨时分。他步履蹒跚地返回萨丽玛的家。房子还未醒来，丈夫和妻子在睡觉。葡萄牙人大喊萨丽玛的名字。她衣衫不整地来到窗边，惊慌极了，要他安静一点儿。之后，她身披床单，哆哆嗦嗦地走了出来：

“罗芒，不要吵。你会把阿卜杜拉吵醒的！”

他一把抓住她，猛烈地摇晃她，床单掉在了地上。他的嘴里吐着沫子，词语出来之前，粉红色的涎水先流了出来：

“臭婊子，你来月经了！”

“我不知道，罗芒，后来我才发现。”

他听都不想听。迷信执着地盘踞在他脑子里，和不洁状态中的女人欢好会遭受天谴。葡萄牙人也相信这些非洲的诅咒：血在他的体内奔流，就要冲出身体。

“现在，我告诉你一件事：我，安东尼奥·罗芒·平托，不会一个人去死。”

葡萄牙人下达了命令：她必须引诱丈夫，和他做爱，以熊熊燃烧的欲望唤醒他。她要变成一个急不可耐、马上解决、毫不拖延的女人。

“我之后会做的，罗芒……”

“之后不行！必须现在。我会在窗子边上看的。”

“罗芒，别这样。我们的孩子还很小……”

“你进去，给我把那家伙弄醒！否则，我永远不带你离开这里……”

萨丽玛泪水涟涟地走进屋内。她梳理头发，喷上香水，把一切准备停当。在镜子中，她还看得见趴在窗户上的罗芒。然而，她没有注意到，葡萄牙人的手臂虚软地垂了下来，他的身体沉下来，在窗户玻璃之后倒下。

死人离开了窗户，仿佛想远离那些痛苦的记忆。他的表情属于不要求任何东西、也不想重新开始的人。金蒂诺甚至为葡萄牙人感到难过。当听到萨丽玛的丈夫没有死时，他深受打击。为了安慰他，金蒂诺提供了更多解释：也许那女人给他看的不是真血？他知道，当女人们不想侍候急不可耐的丈夫时，会采取一些小伎俩。她们会装成来月经，甚至不惜割破腹股沟。

“你会明白的，她骗了你，主人。”

但是，葡萄牙人不想听了。他靠在窗台上，仿佛在学习重生的技艺。那张苍白的脸步入了黎明，从对前生的回忆中恢复过来。

“算了，哥们！我们现在谈点重要的事。告诉我：法丽达在哪里？”

金蒂诺的双眼睁大了，都鼓了出来。法丽达？不知道，这个女人早就离开了。罗芒坚持问她的下落。金蒂诺嗓子一颤，怪声怪调地说：

“我不能提这个女人的名字。维吉妮娅夫人不让。”

“那都是我死之前的事了。现在又有什么关系？”

“没人知道她在哪。”

死人伸了个懒腰，仿佛眷恋着死亡：“上帝啊！我多想梦见法丽达啊！你不知道那具小小的身体让我有多快活。”但是，他突然变了腔调，开始骂人、威胁人。

“你要是不和我说实话，我就拖着你去地狱。”

仆人吓坏了，躲着不让主人碰到他。他看着罗芒，就像玉米看着石碾。他慢慢后退，碰着了椅子。

“主人，我发誓。真的谁也不知道，连她儿子都不知道。”

“她儿子？这又是什么？这女人有个儿子？”罗芒·平托很想知道，在金蒂诺的身边打着转儿。“告诉我，哥们。我想知道。”他一把薅住仆人的衣领。金蒂诺被举到半空里，他抬起双手，示意投降，央求罗芒把他放下来。

“主人，我会告诉你的，包括细节。其实是这样的：只有您的妻子维吉妮娅夫人才知道全部。她全程参与，而我不过是道听途说。”

“金蒂诺，你听着。我求你一件事：去找维吉妮娅夫人，让她来见我。”

“哎呀，主人。和她说话费劲着呢。”

“为什么？她耳朵聋了吗？”

“主人，我可解释不清楚。反正没人能和她交谈。”

之后，葡萄牙人对他说：“只有牵着活人的手，我才能离开这里。你陪我去，我会补偿你的。”

“我不行，主人。”

之后，如雨一般的威胁降了下来，把他吓得要死。不去的话，就拿火、刀、鞭子伺候。“就像餐具无故消失的那次一样，我会揍死你。现在只会更狠：经过这场死亡之旅，我学到的手段，连魔鬼都不会。”

“就是这样，葡萄牙人的鬼魂一直纠缠着我，直到今天。”

在管理处的牢房里，想起葡萄牙人的威胁，金蒂诺犹自颤抖不已。他讲完了这个故事，身体的每个毛孔都在冒汗。其实，在逃离这里的紧迫性上，我们两个并不一致。但是，我们却都被捕了，都在遭罪。绳子很紧，我们胳膊碰着胳膊。金蒂诺坐在我身边，就像夜里睁眼白天做梦的猫头鹰。我们睁大眼睛，任时间流逝。突然，一阵响声传来，我们大气都不敢出。有人正踮着脚尖向我们走来。是卡洛琳达。她不发一语，蹲下来解开了绑住我们的绳子。我们依然捆绑于惊吓之中。这是个圈套吗？我和金蒂诺满腹狐疑地往外走。他对我有了信任，建议我一直向前，不要回头。但是我不得不回头。我返回牢房，卡洛琳达还留在那里。她靠在墙壁上，站立着。我打开她的手，放入我一直携带着的项链。她摇摇头，表示拒绝。是作为信物送给我了吗？我接受了，不多废话。

“为什么你拿我来撒谎？”我问。

“因为我不希望你离开。”

“但是我不会离开的，卡洛琳达。”

“我不信。没人会留在这里。你走吧，你不属于这里。”

“那么为什么要放我出去?”

“为了让你走得远远的，去连你自己觉得不可能的地方。现在，你走吧，不要回来。”

之后，她轻轻地推开我，但是我拒不从命，在她面前流连不去。现在，她扬着脸，悲伤得如同开败了的花瓣，在我眼中她真是独一无二。我的心盈满了爱。我知道，人们在每一个女人身上，都会想起另一个女人，一个并不存在的女人。但是卡洛琳达却给了我一个甜蜜的谎言，那是无法计数的爱：两个人，一男一女，加起来便是无限。她靠近我，抚摸着我的胳膊，上面还留有绳子让我受苦的痕迹。在微微的悔意里，她的手掌摩挲着我。这一刻证明了一件事：生活中最美好的是永远不会到来的那些。

第九章

孤独幻想

木丁贾在往天上看，他发现云有不同的种族。有白云、黑云、不白不黑的云。而且，云也有性别之分。有些云是女性，很温柔：轻轻地来，轻轻地走。有些云是雄性，挺胸抬头，跟鸽子似的，幸福地沉溺于永远不死的幻想。

他笑了：怎么可以和虚无缥缈的东西玩呢？就仿佛能把云朵带到手边，当成小鸟一样喂似的。他想起了前一夜的悲伤，还记得他和图阿伊的对话：

“叔叔，我感觉自己太渺小了……”

“因为你孤独啊。都是战争害的：现在，大家都很孤独。无论是活人还是死人。现在已经没有国家了。”

图阿伊的话语依然萦绕在他的心头。但是他现在已经不垂头丧气了。他站起来，有了一个想法。他摸着老人的后背，对他说：

“叔叔，我们很孤独，是不是？”

图阿伊揉了揉惺忪的眼睛。这孩子是疯了吗？如果是，那可不是一般的疯。因为木丁贾要他一起玩个游戏。

“叔叔，我们一起玩游戏吧。我装成肯祖，你装成我父亲！”

“你父亲？”

“是的，老塔伊姆。”

图阿伊拒绝了。那个塔伊姆已经死了。不好戏弄死人。再说，那还是个不得安生的死人。

“你不知道死得不完整的人会做什么。我没给你讲过渔夫尼皮塔的故事？”

“叔叔，给我讲吧。只要是故事，就给我讲，我不在乎是不是真的。”

图阿伊回忆起渔夫尼皮塔，他被土匪用刀开膛破肚。事情发生在晚上，黎明时分，可怜的渔夫回来了，想找回内脏。“我把它们放在了这里，我肚子里什么都没了。”他用最后一口气说。现在他就要死了，他不能不完整地进入坟墓。有人对他说：“走吧，我们之后把缺的那部分给你带去。”就这样，还没找到内脏，他就被安葬了。从来没有人把内脏给他送过去。直到今日，死去的渔夫穷其死亡都在诅咒着活人。

“看到了吗？不能戏弄死人。”

男孩理解老人的顾虑。他想辩解，在选择措辞。“但是叔叔，我们不戏弄死人，而是正好相反。如果死人不得安生，我们就给他宁静。”图阿伊犹豫了。男孩一再央求，不给他时间考虑。“是个游戏，但是有敬意在，叔叔。”然后，他坐下来，那双惊恐的眼睛盯着老人。

“行吗？父亲。”

父亲？图阿伊摇了摇头。然后，他考虑了一下。过了一段时间，他再度发声，有憋不住的笑意透出。

“行吧，肯祖。”

这样，木丁贾把头放在老人的怀里。他的双目迷失于远方。男孩不曾期待老人会同意做游戏。现在，比起老人，他看上去更不自在。

“你在看那座山吗？”图阿伊问。

“是的。也许加斯帕尔在那座山里？”

“肯定不在。那山不让人进。”老人说。

他往下讲：从前，人们在那儿埋葬了一个驼背的首领。那时，那里完全没有起伏，四面全是平原。死人在地底下开始生长，后背推着地面拱了出来。

“山就是这样诞生的。”图阿伊讲完了。

木丁贾在他怀里昏昏欲睡。随着扮演游戏的发展，他已不知道这一切到底是不是从日记里抽出的，就仿佛从现实里撕下了一张纸。他闭上了眼睛，看见了图阿伊，如今是塔伊姆，正在装满苏拉酒的湖中沐浴。他从湖中上来，美酒顺着大腿流淌。他惊讶极了：

“儿子，你怎么变得这么小？”

“因为我被女人伤着了。”

“这个没药治，孩子。我太知道了。因为我生活在一个爱很危险的时代，而你生活在一个爱很愚蠢的时代。”

老人说出了他的想法。我们今天的世界由苦难与饥饿构成。爱与友谊有什么用？今天，唯一有用的就是苟活。木丁贾，如今是肯祖，想知道什么是幸福，而其他人只想知道什么可以果腹。这孩子想寻找爱，而其他人只想捞好处。当图阿伊说话时，孩子觉得自己变小了，很小很小，几乎没有年龄。他需要一双父亲的手。然而，老人非但不能帮他，而且要寻求他的帮助。老人感到冷，想取暖。男孩用身体为他遮风。他为自己感到难过。他还这么小，刚刚降生于世，怎么就照顾起父亲了？他这双小如亲吻的手，如何能保护块头这么大的成人？他不禁生出对父亲的怨恨。毕竟，父亲从未在寒冷中庇护他，也从未将他解救出悲伤。难道，唯有过完了童年，他才可以成为儿童？

“叔叔，我们不做这个游戏了。我感到头很晕。”

“叔叔？肯祖，你在叫我叔叔？难道你不尊敬你死去的父亲了吗?”

“不是的，父亲。是因为……”

木丁贾陷入了完全的混乱之中，仿佛在他的内心深处，有一样东西被撕成了碎片。他发觉冰冷的眼泪正在他的脸庞上流淌。之后，他感到父亲的手在抚摸他的头。他注视着父亲的脸庞，终于发现，他有一双智慧的眼睛。这就仿佛在突然之间，他的爱圆润了，全部都能看到，

“父亲，为什么你从来不把内心掏给我看?”

“我害怕，儿子。我不能让你看到我的缺陷，然后大喊：快来看啊！我这颗心从来没有长过!”

他的父亲就在这里，高大、真诚。平生第一次，有人保护他。世界第一次展露，再没有黑暗，再没有寒冷。烧毁的公车，被诅咒的小六，烧焦的尸体，阿方索神父血淋淋的双手，这一切都离他远去。突然，父亲开始大笑。那一刻，木丁贾很担心叔叔厌倦了幻想，想结束伪装。但并不是。老人接着玩。他开始扮小丑、翻筋斗，逗得孩子哈哈大笑。孩子的每一声笑都会让他感到当父亲的快乐；老人的每一句傻话都带给木丁贾当儿子的幸福。

“我只会玩，肯祖。我只能教你怎么一辈子当个小孩。”

“好的，父亲。教我吧!”

他们滚来滚去，互相打闹，开心得要疯了。木丁贾玩到筋疲力尽，躺倒在公车座椅上。肯祖的日记堆成一摞，充作枕头。在入睡之前，男孩的手拂过书页，仿佛是它的同谋。

肯祖的第九本日记

介绍维吉妮娅

还未出发，我和金蒂诺便闹起了意见。到了约好一起去丛林的日子，他却没有出现，让我白白地等了许久。我去找金蒂诺，他本该给我带路，现在人却丢了。实际上，他此刻根本没醒，正躺在一堵老墙上呼呼大睡，肚子鼓胀，装满了醉意。他晕晕乎乎、迷迷瞪瞪地解释道：

“今天我就是条癞皮狗：我哪儿也不去。”

“金蒂诺，你怎么喝了这么多?”

“我陪着罗芒·平托来着，所以才会喝酒。”

“这个平托是谁?”

“你不记得了？那个葡萄牙人，我的主人。或者说，我的前主人。”

“现在呢?”

“现在我得再喝点儿。”他回答道。

我放弃了。离开村子的日期被我推迟了几天。我决定去探视维吉妮娅，认识一下法丽达的第二位母亲。也许她会有加斯帕尔的消息？我到了她的住所，等待她出现。我遮掩着身子，因为我记得金蒂诺的劝告：

“如果你经过那里，不要出来。那个老女人不喜欢。”

日头已经老高了，维吉妮娅才走出房门，靠在院子的墙上。我隔着一段距离，透过墨绿的马福拉树①，窥视着她，浑然不觉时间的流逝。我在那里看到的一切，丰满了我的想象，在故事里，我们掌握了无法容身的世界。我来介绍一下老维吉妮娅，就仿佛此时此刻我依然能够看到她。我会用寥寥数笔，添加上人们向我讲述的她。道路横在我和这位老妇人之间，它无事可做，在伸懒腰。在路旁，我坐了下来，拿出我的笔记本，写下这一切，仿佛害怕她的面容会从我这里逃开。

维吉妮娅·平托夫人。她就在那里，在阳台上经历她的最后一个童年。汽车已有很久没有扬起尘土经过这里。城市如今

① 非洲植物，果实与大枣相像。

距离遥远，战争毁坏了所有角落。这位葡萄牙老妇任凭自己徜徉于这些悲伤的思绪中。她是国籍意义上的白人，而不是种族意义上的。葡萄牙语是她的母语，马克瓦语[①]是她的类母语。她是双语者。黑孩子围在她的四周，他们趴在墙头，吵吵闹闹，可是她从不生气。

人们这样和我说：维吉妮娅夫人沉溺于幻想，越来越像个小孩儿了。这些孩子是她唯一的访客，从最美好的清晨开始，多姿多彩的声音便盈满了这个地方。孩子们的父母对老妇人很好，常给她带来食物与亲切的问候。生命在作伪，老妇人在假装。最后，她和生命互相逃开，避不见面。

院子里面，一切都在疯长，小农庄里长出了丛林。野花到处都是，刺儿倒比花瓣多。野草长得比肩膀还高。她甚至没有注意到必须要清理杂草了。

“不是草长高了，而是我变小了。”

对她来说，房子太大了。现在，她几乎迷失于这种空旷之中。双人床实在太过巨大，只会增添孀居生活的孤寂。她的丈夫，罗芒·平托，十年前就已故去。对于亡夫，她没有一丝怀念。她有一种预感，他一定会再次出现，仿佛他并不属于过去，而是来自未来。对于她记忆的缺陷，邻居们十分吃惊。开始，大家都以为她的记忆力出了问题。“可怜啊！对于她，今天比前

---

① 非洲语言，莫桑比克北部使用。

天还要久远。”人们说。但是，后来，人们发现这是别的问题，因为维吉妮娅坚持认为她就要订婚了。她既不怀念，也不后悔，而是将所有热切都投给了未来。

“等我到了该结婚的年龄，那个男人会来的。”

邻居们从来不曾改变看法：比起她的身体机能，这老妇人能挺得更久。那就让她做梦做到疯狂吧。他们笑着问：“蟋蟀在出生时，就已经有窝了吗？”衰老就是这样。维吉妮娅的确是把过去和未来倒了个儿，不是等待生命的终结，而是期待生出她所缺乏的部分。但这一切又有什么关系？

“你们知道她为什么成天祈祷吗？为了不再变小。”

他们模仿起她的自言自语：“圣父啊！如果我再继续变小，当骑士罗芒经过这里时，他就注意不到我了。”她还会重复一些没头没脑的句子：“昨天，当我将死去时。”维吉妮娅、维吉妮娅娅、维吉妮妮娅：对于大家来说，这几个名字都一样。所有人都为她的老去感到难过，仿佛这是变成了孤儿。

她有了一个消遣：在院子里养蛤蟆。白天，她听任苍蝇在窗玻璃上滑行。下午，她把苍蝇收在一个盒子里，一一扯下它们的翅膀。黄昏，她走出家门，将失翼的苍蝇撒落在草地上。她呼唤着蛤蟆的名字，都是她给取的。

“我要是死了，它们该怎么办？”

也许这正是她的心思：这个世界上还有东西挂念她。太阳一点一点沉下去，就像一只拔掉翅膀的苍蝇用几个小时想再次飞起。老妇人静止不动，任自己的影子与老墙的影子相融。她在静观生命，仿佛它是一个处所，曾经属于过她。唯有一件事确定无疑：第二天，孩子们会回来，他们会突然安静下来，围在她的身边。

“小心点儿，孩子们。不要踩到我的蛤蟆。”

一些孩子帮她梳理好乱发，另一些孩子给她剪指甲，还有一些孩子为她擦去下巴上的口水。她融化了，任凭自己梦游于无需魔法的世界。孩子们恳求她：“婆婆，给我们讲个故事吧。”维吉妮娅笑了。他们叫她“婆婆”，因为这个词，“婆婆”，她都变漂亮了。

“孩子们，你们想听哪一个？”

“要听你父亲的父亲的故事！”

维吉妮娅在微笑。她感激孩子们进入她的家族，仿佛他们和她一样古老。之后，她的回忆慢慢展开，如同油在缓缓地流淌。她从葡萄牙语跳入马克瓦语中，版本还是原来的那个。

“那个白先生叫什么？”

“白十字架。”孩子们齐声回答。

她高兴地点点头：没错，克鲁士[1]先生，她的祖父，经常去山那边的土地。他唯一的作品是灯塔。孩子们吵成一团，都想对老妇人的故事指手画脚。

---

① 葡语原文为“Cruz”，既是姓氏，又是具体名词，意为“十字架”。

"但是，为什么灯塔是他的呢？这个白先生生活在内陆，那里没海啊。"

"你们不信吗？"

她生气了，停了下来。孩子们赶紧摸摸她，求她讲下去。而她就是不讲。最终，孩子们接受了她的说法。是的，有个灯塔。真真正正的灯塔。离海是远还是近没有关系，谁又能阻止灯塔出生在它喜欢的地方呢？因此，这个灯塔从来没有用过，没有一艘船见过它。

"为什么白先生需要灯塔呢？"

这是一次他遭遇海难时许的愿。在讲故事的过程里，她的祖父渐渐地丧失了名姓，住址和职业跳来跳去。维吉妮娅的话总是对不上。有时，孩子们会纠正她："是白十字架先生，婆婆，您别忘了。"维吉妮娅越往下讲，就越搞不清楚什么是真的：今天，她的祖父克鲁士有着金黄的眼眸，明天，他就变成一头卷毛的黑人。孩子们并不在意，童年里，真实不过是玩儿而已。在婆婆的身边，孩子们总是很开心，从来没有失望过。她做个手势，要孩子们轻一点儿。这样，才能听到上帝的命令。有他的命令，活人才能休息。

"你们这么吵，我都听不见上帝的命令了。他可能已经下令让我休息了，而我都没有听到……"

讲完了故事，老妇人带领孩子们来到水井边。他们仿佛去春游，鸟儿一样叽叽喳喳。等到了隔壁的院子，维吉妮娅重复着同一个仪式：她要孩子们往井里扔一块石头。

“维吉妮娅婆婆，这是为了看里面有没有水吗？”

她没有回答。她拾起一块石头，扔进大地幽暗的口中。一声哀叹从湿淋淋的深处传出。之后，飞出了一首歌，哗哗啦啦。这一阵喧哗，又聋又哑，慢慢扩散开来。

“婆婆，这是什么？”

“是水在哭泣。”

“为什么水会哭？”

“水为一个失去了丈夫的寡妇感到难过。她是诅咒的受害者。”

“婆婆，这个受害者是你吗？”

“我不知道，孩子们，那个女人好像已经死了。就把它当成很久以前的事吧。”

说完这番话，她便过完了一天。

我放下笔记本，看着这位葡萄牙老妇人。我重新创造了老维吉妮娅，而她却浑然不知，正站在路的另一边，等待我复制。她近在咫尺，我无法抗拒靠近她的心意，想倾听她声音中的岁月年华。我穿过马路，违背了金蒂诺的指示。老妇人只喜欢小孩子来玩吗？如果我表现得像个孩子，她是不是会接受我？我站在她身边，呼唤她的名字。老妇人抬起头，眯起眼睛，打量着我：

“你是谁？”

“我是肯祖，我想和您谈谈。”

“谈谈？”

“我想知道加斯帕尔的下落。您还记得他吗？维吉妮娅夫人。”

老妇人不再理我，她的手指仔仔细细地抚过脸庞。她碰到了嘴唇，然后，伸出了舌头，问我：

“看到我的舌头了吗？”

“看到了。怎么了？”

“我的舌头变大了。”

我忍不住笑了。她严肃地辩护说：“等你老了，你的舌头也会变大的。难道是随着时间，脸上的其他部分都变小了吗？”

“您还记得法丽达吗？”

“我舌头这样，什么都不记得了。”

老妇人在耍我。这样，我生气了，说话的声音大了起来。我说得乱七八糟，心里有什么，就都讲出来了。我告诉了她一切，说我是因为法丽达才来这儿，她央求我帮她找到儿子。

“别告诉我你不记得谁是法丽达。我不相信你会忘记。”

维吉妮娅夫人被我的言行惊到了，拽着我的胳膊把我拖进屋里。她紧张得要崩溃了，命令我安静，然后低声说：

“我不能在这里说。”

“为什么？”

“会给家里招来很多鬼魂。”

“那我们在哪里说？”

“去我从前的家。但是，你得叫我‘婆婆’，这样，我就可以把你当成小孩儿了。”

跟随着维吉妮娅缓慢的脚步，我们一起走回她的旧宅。在路上，她向我坦诚，因为害怕，她从未回到过原来的房子。所以，我们到了之后，她不愿进去。我们一起坐在这栋殖民建筑的台阶上。维吉妮娅回忆起她是如何遇上了加斯帕尔，法丽达的儿子。她记得，那是一个早晨，有人在敲她的窗户。

“婆婆，有个男孩死在您院子里了。”

维吉妮娅跑到后院，看到有一个身躯正掩映在野草之间。他并没有死，只是睡着了，准是累坏了。她确认这个男孩还活着，但不想管他，也不想收留他。她拿出一个铁锹，一边往他身上扬土，一边说:“死了吧，我的孩子。这样死了，有人还给你安葬，总好过这样活着。这个世界不给孩子生路。”

其他孩子来了，看见她要活埋一个人。他们被婆婆的举动吓坏了，赶紧阻止她。

“婆婆，让他活着吧！就活一会儿！”

“为了什么？”

“为了让他把他的故事讲给我们听。”

维吉妮娅有些疑惑，但还是同意了。就这样定了。闯入者会在地上休息，直到恢复说话能力。他们太缺乏外面的消息了，那些消息值得人们相信。孩子们和老妇人结成同盟:“我们给他治病！给他喂饭！之后再把他杀掉！这样，别人就听不到他讲的东西了。那个故事就只属于我们啦。”他们做出这样的安排：

“我们把他放在井里，捆起来，别让他跑了。”

井枯了，因为总不下雨。孩子们为他送去食物，帮他换下臭烘烘的湿衣服。换一个人可能就死了，但是加斯帕尔底子不错，本是个能跑能跳的孩子。即便身困枯井，也恢复了气力，皮肤都有了光泽。夜晚，孩子们把他从深井中拽出，他蜷起身子，一言不发。孩子们睁大了眼睛，对他倾注了全部期待，但是他却迟迟不肯发声。

“以后就知道了，肯定是个哑巴。”

一场瓢泼大雨从天而降，填满了所有海洋。维吉妮娅惦记着那口井，加斯帕尔还在里面。孩子们和她一起来到井边，想看看水是不是已经漫过了井口。还没有。雨太大了，即便在这个月色明朗的夜里，也什么都看不清。他们仔细观瞧，却什么都看不到。他们留心听井里的声音，却只有水声滴答。就在他们要离开之时，一声呼叫将他们唤回。是加斯帕尔在呼喊。他终于决定开口说话。大家一起欢呼雀跃。所有人都很开心：老妇人命令大家齐心协力把男孩拉出水井，他浑身湿透，瑟瑟发抖。

“我冷。”这是他说的第一句话。

孩子们递给他一件厚衣服，命令他：“快讲！讲一个故事。”他们将他团团围住，其中一个竖起手指，警告说：

“要是你的故事不招我们喜欢，就有你好看的。”

加斯帕尔害怕了。他讲起自己的生活，不敢有半点隐瞒。他讲了许久许久，当他停下时，雨已经住了。孩子们面面相觑，这个故事太悲伤了，他们不喜欢。今天，又有谁愿意去想象不幸？一时间叫声四起，要求严惩这个讲故事的人。惩罚得足够重，这样才能让他一生都记得。有一些人建议把他重新扔进井里，用石头压死。另一些人的想法更简单：把他埋进婆婆的园子里，完成她最初的心愿。大家纷争不休，寂静逐渐入侵。所有人都在等待维吉妮娅的最终判决。然而，这位老妇人看起来荒芜而失神。她的眼神比永恒的悲伤还要久远，因为被注视而感到无限痛苦。她做了一个手势，让孩子们离开。

“让我和他单独待会儿。”

孩子们感到很意外，但还是遵从了她的命令。他们步入黑暗，脚步缓慢，仿佛不情不愿。老妇人什么都没有说，只是看着那个孩子：

“我也可以走吗?”加斯帕尔问。

“不可以。”

“为什么?”

“因为你是我的儿子。你的父亲是我死去的丈夫。你几乎就是我的亲生骨肉。”

老妇人站了起来，抖了抖罩袍。她将孩子揽入罩袍之中，对他说：

“走吧，我们回家!”

坐在原来房子的台阶上，维吉妮娅将外套捂得严严实实，以抵御深更夜露。她停下不讲，故事就只讲了一半儿。她在顾虑一件事，我不知道是什么。

“之后呢，婆婆？发生了什么？”

“这个孩子只在家里待了几天。之后，他跑了，没人知道他去了哪里。”

“他知道欧吉妮娅姨妈吗？”

“知道。也许会去找她。”

老妇人指给我看一棵巨大的芒果树。正是在那棵树下，她和法丽达一起读信。她的眼睛里满盈着思念。突然，维吉妮娅示意我不要出声。

“嘘……有人来了。”

我什么都没听到。“是一个亡灵。”老妇人说。不，不是亡灵。是管理官，就是他。他鬼鬼祟祟地抄着近道往这边来。维吉妮娅压低声音自言自语。这么晚了，他来做什么？只有在金蒂诺后来告诉我究竟发生了什么时，我才知道了答案。我要描述出发生的事，那是一场灾难，而那时，我和维吉妮娅却对此一无所知。

管理官埃斯特旺·约纳斯遮遮掩掩地走进了小路的黑暗里，他并不知道匆忙赶路的目的。信息是迂回地传到他这里的。给他带话的是金蒂诺。这个人说：他，管理官同志，必须去一趟死鬼罗芒·平托的家，那是一栋同样死去的宅子，里面只有毛骨悚然的声音居住。

他来到了老宅的院子里。树木深受风的悲伤影响，因为风从不曾快乐地吹过。狗在狂吠，管理官吓得直哆嗦。为什么这些畜生一到晚上就如此咄咄逼人？难道狗能听到另一只狗在月亮上嚎叫？作为外强中干的人，埃斯特旺大声咳嗽，给自己壮胆。现在，他牙齿都在打颤。他沿着墙根走，紧紧地贴在墙上，仿佛影子在滑行。突然，他惊恐地纵身而起。从房子里传出木头的咯吱声与箱子的碰撞声。难道有人在偷这个恶贯满盈的葡萄牙人的财产？

那一瞬间，他思忖着最好把保镖叫来，不是因为他害怕，而是因为他活着对大家太重要了。他一再踌躇，毕竟带信儿的人说得很清楚：他必须得一个人去，不能让其他人知道。

当门突然打开时，他正磨磨蹭蹭地准备往前迈步，就这样，他看到了一副地狱景象，早已死去的罗芒·平托出现了，他正用后背驮着自己的棺材。管理官撒腿就跑，翻过灌木，越过石头，完全不是人的速度。他趴在近旁的沟里，藏于最暗的地方，想把自己隐藏起来。死人走近他，不假辞色地说：

“起来，帮我把这破东西背起来。”

埃斯特旺的吓得嘴都合不上。然而，他强行支撑着，回答：

“我可不是背这种东西的人。”

“那你是什么？别这么娘！抓住这边，走起！”

埃斯特旺遵照唯物主义的原则，衡量了一下局势，进行了一番辩证分析。他能对抗鬼魂吗？最好是接受这无望的处境。因此，他献出背部，抬起了棺材。葡萄牙人一边往前走，一边向他解释：这个棺材是个穷人的。所有人都在给穷人捐东西。这个棺材是他献的爱心。放在这里也是浪费，不过是生与死之间的邮包。

他们把空棺材放进储物间里。葡萄牙人狠劲一推，让管理官坐下。他们一直谈到黎明。他们说了什么？没人知道。不过貌似罗芒对埃斯特旺的前途产生了很大疑问。这种安全体系下，会有什么前途而言？明天，他就可能被踢走，没人再会记得他。莫桑比克人对这番说教嗤之以鼻，觉得简直是鲁班门前弄大斧。

“我有我自己的营生，罗芒。别以为我们都是傻瓜。你们葡萄牙人老是自以为是。”

营生，什么营生。破盘子破碗，完全没有油水。不就是点残羹剩饭吗？葡萄牙人打击了管理官的积极性。在那一刻，葡萄牙人向他庄严承诺，可以挣很多钱，海海的。他的主意是：他，死都死了，再加上是个白人，又是葡萄牙人，完全没法掌握原来的买卖了。

“是白人就够可以了，更不要说是葡萄牙人。现在，人又死了，真是没法弄了。”

现在，干买卖需要的是埃斯特旺签下大名，再加上他那张原住民的脸庞，钱就会哗哗地来，就像馋嘴时分泌的唾液。

“但是，资金呢？”管理官很激动。

这是个问题。他有钱，里里外外都有。钱完全够了。但是，从他死后，一切都转到维吉妮娅这个愚蠢的寡妇名下了。埃斯特旺哈哈大笑：

“真为您难过。敢情钱都落到老太太手里了。”

罗芒恨得直砸墙：可不是，那臭女人现在富死了。唯一的疑问在于她是依然神智不清？还是已经治好了疯癫？因为，必须得劝服她签几张支票，才能用合法的方式把钱转过来。

“但是她病得不轻，罗芒。”

“什么病？”

“不知道。我只确定一点：我们得留心她，老太太随时会死。”

“难道她都老成这样了？”

“再多来一条皱纹，皮肤上都没地儿搁了。”

两个人大大提升了那位白人老妇的价值。不可以忽略她，必须保证银行文件的签署。因此，他们得找到说服她的方法。他们制定了如下策略：埃斯特旺·约纳斯要实施一个挑衅性与侮辱性的措施。必须要挑起种族议题，宣扬多数人种具有特权。

“但是罗芒，这样一来，您的利益也会跟着受损的。”

“其实不然，亲爱的合伙人。”

他解释说：这样一来，就没人怀疑他和白人勾结了。看起来这个葡萄牙人在阴间的时候，对这件事已经考虑周全了。他还提出了更多的建议：

“你要发表讲话，反对‘白皮猪’。只是为了装相。”

这一切完全不会激起民愤，甚至会博得好感。“亲爱的埃斯特旺，当一套说辞里没有事实矛盾时，一个政权才会具有合法性。但是我们要明白一件事：民众可以畅所欲言，但有决定权的是我们。明白了吗？不能把任何东西分给别人，魔鬼就得独断专行。我们小声点儿说话，免得隔墙有耳。”

然后，死人重新走入了黑黢黢的宅子。埃斯特旺·约纳斯原地不动，看着葡萄牙人消失不见。他的脸上露出了赢家一般的微笑。就在不久之前，他还像是个懦夫。而现在，管理官陶醉于一种生杀予决的快感之中，已经有太长时间没有体验到了。在管理处，没有人能阻止他改变自己的命运。他站在那里，自信得连英雄塑像都自愧不如。这时，他遭遇到了最大的惊吓。卡洛琳达，他美丽的妻子，从幽暗的灌木丛中走出，来到他面前。

“你在这里做什么，埃斯特旺？”

管理官支支吾吾地掩饰：没什么，就是饭后遛个弯，消消食。

“和你约会的女人在哪里？”

埃斯特网如释重负地笑了。原来是为了这个？他的妻子，一向云淡风轻，居然以为他在和情人私会？这位贵人感觉很自豪。妻子意料之外的嫉妒让他雄姿英发，如同公鸡一般男性气概爆棚。他意图安抚妻子，告诉了她发生的一切，诸如与死去之人的密谋、合伙等等。但是，这番倾诉衷肠却导致了更糟糕的后果：

“埃斯特旺，现在我逮住你了。你居然和过去的殖民者混在一起！”

“什么叫混啊？”

“我一直没叫错你的职务：你就是个叛官！”

干这个职务就要当圣人吗？管理官不服地辩解：“没人能靠道德感过日子，亲爱的夫人。大道理能在将来让你吃饱饭吗？”

“你，埃斯特旺，你就是条鬣狗：聪明劲儿全都用在这些破事儿上了。”

“你说这么多话，跟蛤蟆一样烦人。”

“人民会逮住你的。不要再来这个房子，不然我就揭发你。”

“我怎么就不能来了？现在我和罗芒·平托一起干买卖，我们是合伙人。我得常来。还是说，你希望他去管理处找我？”

卡洛琳达警告他：他这是在玩火。等真烧起来了，他就傻眼了。恶人总有恶人磨。

“埃斯特旺，你不知道吗？房子都连着，会一起烧着的。”

管理官求她小声说话，不要发火，会招惹不必要的好奇心。他如父亲般劝告她要识时务：她是非洲人的妻子，应该为自己人的利益着想，要顺从、沉默。她应该高兴，因为他挣钱也是为了这个家，而且她的亲戚也能得到好处。

“我不想要这钱，我的家人也不会要这种脏钱。你会为背叛付出代价的！”

“但是卡洛琳达，不要激动，人民是很矛盾的……”

“滚，埃斯特旺！我不想听你说话。”

“你得听我说。”

“滚！不然我就喊人了，我会把人都叫到这儿的。”

管理官匆匆忙忙地逃走了。在消失于黑暗之前，他回头看了一眼。卡洛琳达的影子让他惊恐万分。她的影子极大，将整座大宅的影子团团护住。如果管理官在离开之前不曾如此害怕，而是再细心一点，就会看见维吉妮娅从台阶上站了起来。我提醒她小心。她做了个手势，向我示意没有危险，埃斯特旺已经走了。她表示她要回家：

“我走了。到了给我的蛤蟆喂食的时间了。”

“我和你一起走，陪你回家。”

“不，我不希望别人看见我和你在一起。”

“为什么？”

“不要忘了，我是一个又老又傻的女人。我不和大人说话，只配得上小孩子的信任。你知道我猜到什么了吗？我猜罗芒一定会让我签字转钱。我怎么可以签字呢？钱，我认识钱是什么吗？我根本就没有概念。你明白吗，肯祖？”

是的，我现在完全明白了老妇人的疯言疯语。疯狂是她最安全的避难之地。我望着她，直到她消失在黑暗的道路里。卡洛琳达听到了我们的声音。她一脸狐疑地走到我身边：

“原来是你？”

我站起来，抚摸着她的臂膀。她如鸟儿一般打了个激灵，蜷缩得就像伏卧在巢中。之后，她挺直了身体，直截了当地说：

“我们不能待在这里，我丈夫会起疑心的。”

“那我们要去哪里？”

“我们进到这栋宅子里。”

我汗毛都立了起来。我表示断然拒绝，她笑了：难道我竟相信了死人复生的说法？我本想辩解说这是我亲眼目睹之事，但是她不让我说话。你是对的，她说。就让我们坐台阶上面吧。我们坐在前后两级台阶上，她倚靠着我。我的衣兜里有一件物事在提醒我注意。那是卡洛琳达在我们第一次做爱时遗落的项链。我把链子放在她眼前，问她：

“还记得这个吗？”

她笑了。她想起了从牢房中把我放出去的那一刻，还有那些永别的话语。她希望我永远不要回来。但我依然在这里，活生生的。她饱含爱意地抚摸着我的胸部。她身上的芳香让我想起苏拉酒的味道，唤起一种来自童年的古老醉意。当我亲吻她，一个名字从我的嘴里逃出：法丽达。卡洛琳达猛地推开了我：

“你认识法丽达？”

“法丽达？不认识。”

“你刚才叫我法丽达。”

“你听岔了。”

卡洛琳达好像相信了我的说辞。然而，她的后背依然梆硬，那个名字令她很不舒服。

“你突然让我想起了我的两个丈夫。”

“两个？”

“是的，我之前还有个丈夫，已经死了。”

然后，她向我倾诉起她的伤痛，流出的泪水填满了整整一夜。埃斯特旺被嫉妒深深折磨。他搜罗各种莫名其妙的理由，来指责卡洛琳达。比如，纪念日到了，他没时间纪念。卡洛琳达衣着郑重地向为独立而献身的英雄表达了敬意。管理官质问她：难道她还惦记着死去的前夫？他死于独立战争，那时，卡洛琳达还是个年纪很小的小姑娘。据说他不是中了葡萄牙军队的埋伏，而是被游击队里的自己人干掉了。从此之后，卡洛琳达就有了疑心病，在所有地方都能看到背叛。这女人很执着：领导人应该言出必行，不然，原则在哪里？有什么理由去号召更多年轻人献出生命？

但是，说到底，他的怀疑也不是没有道理。她生命里并没有别的男人。什么人都没有。管理官只是走不进她的内心。卡洛琳达对他没有一点儿爱意。埃斯特旺是一个今天呼风唤雨，明天却可能任人宰割的人。她为他当牛做马，而他却连看都不看一眼。卡洛琳达常说：她的婚姻，不是早于成熟，而是早于不成熟。她那时还是个孩子，什么都不懂，就知道害怕。埃斯特旺对她说："别哭，卡洛琳达。你知道吗？一个少女和成年男子睡觉，会成长得更快。"

"卡洛琳达，我，在制造你的年龄。"他补充道。

但是，她根本不想长大。在埃斯特旺到来之前，她唯一希望的是有人把她带出这里。马蒂马蒂让人窒息，是一处不让她做梦的监牢。卡洛琳达没有可以回忆的童年。她盼望在结婚的同时依然做一个小姑娘。就像第一次婚姻那样。她浑身涂满了油，肌肤在男人眼里熠熠发光。但是，同时，她还保存着小时候的玩具。她只希望被选中，脱离这里的苦难。她沿着公路走，想被人注意到。但是她不在任何村子停留，以免成为任何人觊觎的对象。埃斯特旺·约纳斯来到此地，他身穿游击队的服装，背后打着背包。她相信这个男人会去往远方，去到一个目力不能企及的地方。她献身于他，让他快乐。独立之后，他被任命为马蒂马蒂的管理官。人们说这是暂时的。然而很多年过去了，他依然没有升迁。埃斯特旺不是本地人，不懂这里的语言和风俗。他感到很挫败，但是他什么都不说。他接受了现实，因为他早已学会服从纪律而不去质疑。随着时间的流逝，卡洛琳达开始恨他。她的愤恨排山倒海。她想伤害他，以便让他清醒。她对他不好，以此希望他证明自己依然年轻，依旧是个活生生的人。他已几近死亡，羞于做梦，耻于思考。埃斯特旺厌倦了和她的战争，总得压抑欲望令他疲惫不堪。就在此时，一个叫法丽达的女人出现在管理处。

她并非只是漂亮而已。她的美丽深深地触碰到卡洛琳达的内心。她不禁想成为一个男人，这样才能触摸法丽达的身体。法丽达来到这里为儿子报案，想追查他在丛林中渺茫的行踪。有上百个案子，但是埃斯特旺对这一件尤其上心。卡洛琳达第一次感觉噬心的嫉妒。当她说起这件事，丈夫这样回答她：

“法丽达让你不高兴了？也许是因为她长得像你。”

嫉妒在卡洛琳达体内恣意生长。妒火太旺，令她在床上激情似火。埃斯特旺惊讶莫名：老婆，你怎么了？但是，那个法丽达出人意料地离开了马蒂马蒂。她登上了一艘遇难船，留在了船上。卡洛琳达原本不过是嫉妒，现在却变成了仇恨。是什么令她如此暴怒？是因为失去了嫉妒对象？还是嫉妒另一个人踏上了逃离这人间地狱的路途？是的，法丽达逃出了这个地方的偏狭，即便她是因为疯狂，才会登上一艘触礁船。但无论如何，这是一次旅行，是对地狱的逃离。然而，卡洛琳达无法接受法丽达的离开，因此想出了一个报复她的方法。那个女人在那艘船上很危险，她编了很多类似的话，挑唆埃斯特旺采取措施。埃斯特旺的人已经去到船上，抢走了最好的货了吧？所以，法丽达全看到了，她会揭发挪用物资的行为。埃斯特旺假装相信了，下了一道无足轻重的命令，让人把那女人从船上带回来。

"就是那个法丽达？"

"是的，所以当你用她的名字叫我时，我感到很震惊。"

"但是我没叫。"

"我相信。是我的脑袋太纠结这事了。"

卡洛琳达的身体再次在我的怀抱中放松下来。在这栋闹鬼的宅子那硌人的台阶上，她躺了下去，以烈火一般的热情，以大地一般的温柔。

第十章

沼泽之疾

图阿伊望着四周，惊叹不已。他们已经有很多天没有离开公车了。然而，周遭的风景却揭穿了道路表面上的岿然不动。比如，现在，一片巨大的沼泽在他面前铺开。可以听到海在附近，正炫耀着这些水是属于它的。老人走到男孩身边：

“你想看海，是不是?”

“特别想，叔叔。”

“好吧，那我们动身。”

他们走在泥泞的路上，泥里生长着红树林。那栋铁板与灰烬的居所已被他们甩在身后，它伫立于路旁，仿佛一尊战争纪念碑。

“你为什么这么想看海？”

男孩不知道该怎么解释。但是，仿佛大海会以它的无穷无尽，给这孩子一种逃出这个世界的慰藉。无意中，他想起了兀自苦等在那艘船上的法丽达。他好像理解了她：至少在那艘船上，她还可以等待。因此，他勇敢地面对着沼泽里的旅行。他们于广袤之中跋涉，全是污泥、烂泥、臭泥。这场远行还要走上数日。

第一天夜里，他们坐下休息。有蚊子叮咬。那些蚊子是黑色的，巨大无比，嗡嗡直叫。它们不只是咬人，而是进入了血液，在里面闹腾。

“该死的蚊子！”

木丁贾抱怨不已。老图阿伊批评他：“孩子，不要烦躁！”之后，他提醒孩子：

“正是蚊子建造了沼泽。在我们体内，蚊子同样造出了沼泽，腐坏了我们的血液。”

蚊子实在太咬人了。第二天醒来时，图阿伊的耳朵有两个那么大。不久，他就出现了发烧迹象：他的身体暗淡如灰，指头仿佛感染了哮喘。但他很固执：

“发烧不是蚊子引起的。都是因为鸟叫，我才烧起来的。”

“什么鸟？”

“刚飞过这里，你没看到吗？”

木丁贾不记得看到过什么鸟儿。他想照顾他的旅伴，但是老人却不同意。他烧得太厉害了，如果把他放进水塘里，连水都会沸腾。周边一片沼泽，看起来一模一样，根本辨不清方向。他们迷路了，而且疲惫不堪。他们坐在树干上，等待着，却不知所等何物。“我们应该待在公车上。”木丁贾这样评论。

“是你说想看大海的。”老人提醒他。

老人抖得太厉害了，说话都支离破碎。之后，两个人陷入了沉默。周围只能听见寂静滴落于地。但是，图阿伊还残存着一点点力气。他爬上了一根高高的树枝，大头朝下吊在上面。看到老人如蝙蝠一般，木丁贾不禁啧啧称奇。但是老人却让他安静：这不过是童年习惯。他的血太弱了，母亲绑起他的脚，吊在天花板上。

“你知道你现在要去做什么吗？你要去吓走那些带来厄运的鸟。正是那些鸟，我才发烧了。”

因此，木丁贾走入了烂泥滩。红树林毫无倦意地展现着千篇一律的单调。后来，风景渐渐呈现出新奇，他的双眼第一次看到了那一片水域。白鹭浮游其上，如同灰烬上的白色手绢。它们的羽毛，除去扮美之外，再无其他用处。羽毛梳理着木丁贾的内心，仿佛为他带来睡意的抚慰。这些白鸟飞翔时总仿佛在思考，胸部很严肃，几近自满。它们的姿态犹如精心排练的舞蹈。甚至连饥饿都不曾让它们步履匆匆，一向慢慢悠悠地完成觅食。

木丁贾站在这一片死水的边缘，看着群鸟飞向远方。这里，野草蔓延，黑暗的土地里浮出极盛的绿意。灌木丛中传来“西歌维亚”的声音，这是一种用猴橙树果做成的笛子。一个小小牧童正在走来。看到木丁贾，牧童吓了一跳，应该是把他当成丛林里的强盗了。木丁贾喊住他，介绍了自己。两人怯生生地开始交谈，慢慢有了信任。木丁贾请牧童为他吹奏牧笛。他闭上眼睛，做好了陶醉的准备。

“你困了吗?”

牧童急忙摇醒他。木丁贾笑了，请求他开始。但牧童却迟疑不定。他说，他看过太多人在笛声中永远地睡着了。他不希望他的访客也那样，不想让木丁贾在意识放空中沉睡不醒。因此，他不愿意吹奏笛子，而是想讲一个真实的故事。那故事是他亲身经历，就发生在这片草地上。

“那么讲吧。”

“上个星期，有一头牛死了，是牛群里最大的一头。”

这样，牧童慢慢讲起他的故事。在他的牛群里，有一头非常悲伤的老牛。从早到晚，这头牛都在形只影单地踯躅，忘记了自己，忘记了吃草，忘记了反刍。那双睫毛如扇的眼睛追随着每一个可以分心的时刻。一切都能成为借口，什么有影子在颤抖，什么一只蝴蝶在迎风飞舞。牧童很不安：到底是什么病要结果这头牛的性命呢？他决定追踪一整天，从黎明到日落。直到那时，他才发现，这头牛的眼睛死死地盯着一只白鹭。这鸟一抖长腿，便飞到了它的孪生姐妹白云身边，而牛的注意力永远跟随着它。这头牛一动不动，不管不顾。牧童抽打着牛，希望它回归牛群。牧鞭啪啪在它的后背炸开，但是完全没用。它只是缓缓地摇了摇牛角，依旧执着于不可能之事。

这头牛几乎不吃东西，开始消瘦下去。牧童不知道该如何向自己的叔叔，也就是这群牛的主人，解释这件事。有一天晚上，牧童刚把晚饭准备好，就看到了一件他犹犹豫豫讲不出口的事。那头牛向月亮伸着脖子，发出从未听过的呻吟声。突然，牛全身剧颤，仿佛正在分娩出自己。在它的喉咙里，呻吟声慢慢变成了鸟的叫声。当两种声音合二为一，它开始变小，从公牛变成牛犊，又从牛犊变成长角的小猫。在剧烈的颤抖中，它的毛慢慢脱落，同时长出了洁白的羽毛。一瞬间，牛从自己的体内生出了一只鸟，真真切切的白鹭。

然后，这只新生的鸟在四周逡巡，那双如箭一般的双眼不知在寻找着什么。直至它突然看到另一只白鹭，正是它还是牛时便已牵肠挂肚的那一只。完成变身的牛挥动羽翼，赶往那只真鸟身边。它的起跳飞舞很突兀，双脚紧张地悬在半空之中，仿佛在初学走步。对于天空的居民，大地实在太过沉重。这是再无阻碍的相恋，两只鸟在空中翔舞，迸射出洁白的光芒。

牧童说，每个月圆之夜，这头牛都会变身。当晨曦初露，它再回到四足动物状态。但是这一年，几个月里，月亮都不肯出现。很长一段时间里，黏稠而黑暗的夜晚封住了一切。夜晚的全部时刻里，牛一直是牛，它悲鸣不止，犹如残破的号角。第三十个夜里，他死去了。牧童目睹了它缓慢的临终时刻，发誓说看到有眼泪从那双圆滚滚的眼睛里流出。

牧童讲完了故事，痛苦禁锢了他的声音。木丁贾不知如何宽慰这位萍水相逢的同伴。没有话语，也无法安慰，他掏出保护他不受恶灵侵扰的护身符，那是图阿伊的礼物。最终，他们交换了魔法。这个温柔的故事，让一头陷入爱情的牛轻盈飞舞，听起来就像魔法的馈赠。

天色已晚，木丁贾辞别牧童，返回了抛下病中同伴的地方。图阿伊已经从树上下来了，但依然颤抖不停。他想好了一个计划：他会搜罗红树的木料，造出一个筏子，逃出这片沼泽。他承认木丁贾是对的。也许在海边能遇上人、船与旅行。

“但是图阿伊叔叔，你没有力气，不能干活。”

图阿伊指了指边上：他已经搜罗了红树，扎成了一个筏子。这天傍晚，两人乘着木筏离开。木丁贾划着桨，想起了肯祖与他的冒险旅程。这时，图阿伊颤颤巍巍的声音传来：

“如果我死了，不要把我埋在泥里。”

“叔叔您不会死的。”

“你什么都不知道。我告诉你：埋在泥里的人，会变成鱼。”

“好吧。我不把你埋泥里。如果有一天叔叔死了，我就像人们对待塔伊姆那样，把您扔进海里。”

老人笑了，他蜷缩成一团，仿佛在寻找一个子宫。之后，他睡着了。木筏一点点穿过红树林，孩子在思考他到底有多爱这位老人。在他心里，这位老人是全部的家人与全部的人类。木筏在平整如镜的水中滑过，直至一处白沙熠熠的岸边。海的咆哮清晰可闻。

“听，是海，是真的海！我们马上就到了，叔叔。”

“哦！从我们刚到公车的那天，我就听到了这海的声音。”

图阿伊的声音越来越轻。打摆子最严重的时候，老人希望有一只手抚摸他的心。这不是病入膏肓之人的请求，而是妻子的请求。木丁贾为他盖上被子，希望他进入梦乡。然而，图阿伊阻止了他，将他的手放在自己脸上。他求男孩睡在他身边，这样可以沾点热气。老人掀起毯子，给木丁贾腾出一个空儿，让他躺下。男孩局促不安地躺下。触摸图阿伊的恐惧与躺在死亡身边的恐惧如今合二为一。另一个人的手轻轻地抚平一条印在他脸上的皱纹。远处传来了“西歌维亚”的呜咽。

肯祖的第十本日记

死亡营中

维吉妮娅无法带我找到法丽达的儿子。因为幻想状态一旦进入就不可能出来。她躲藏于此，活人与死人都找不到她。我想起来了童年时别人给我的忠告。人们说："你，孩子，要像公鸡一样，炫耀尾巴上的羽毛。羽毛越美，被人吃掉的可能就越小。"维吉妮娅尽情展示着五色斑斓的疯狂。这样，就没有人记得她了。

只能我一个人去找。我叫醒金蒂诺，让他快点带我去欧吉妮娅那里。法丽达的姨妈是唯一可以给我建议让我找到加斯帕尔的人。我对法丽达的思念越来越强烈。金蒂诺揉着眼睛，要我说得更明白一些：

“兄弟，你只能选择一样：你是要找纳帕拉玛？还是要找那个孩子？”

“我两个都想找。”

“放弃纳帕拉玛吧。我们还是去找那孩子吧。”

那天下午，我们出发去寻找收留欧吉妮娅姨妈的难民营。我们走了好几个小时，从未有过歇息。直到走到一座乱石山，看我已经筋疲力尽，金蒂诺决定一个人往前走。难民营已经不远了，我可以利用空当休息一下。金蒂诺继续上路，带走了我的水壶，等回来时再把它灌满。我坐在阴影里，思忖着我的愿望。现在作战或者纳帕拉玛已经不能给我鼓劲了。我只想生病，希望得一种会抹去心中所有风景的病。我想接受疾病带来的温软。我靠在树干上，任树皮磨蹭着我的脸，期望能听到水声。然而，我乘凉的这棵树是一棵状极可怖白骨累累的树：这是一棵恶魔之树。这种树会发出蛇一般的哭声，以哀声引人和野兽到此。直到那时我才发现：周围的地全是白的，沙土如此明亮，黑暗大概从不降临。为什么会那样白？因为这里是白骨长眠之地，有被吃掉的走兽残骸，有从这恶魔之树上掉落死亡的飞鸟遗骨。

我决定离开这里。然而，就在我要走的那一刻，从树叶中传出一首美妙的歌，牵引睡意走向最近的床边。我的身体重若几百年，连一步也迈不动。我盯着那棵树，梦中我看到了我父亲预言过的那只鸟。那是一只鹭鹰，杀掉所有旅行的鸟，正在叽叽喳喳地叫。我跪下，呼唤着我的父亲。时间过去了，什么都没有发生。我父亲应该在喝苏拉酒，在一个没有警察查禁的地方。我喊得非常深入，碰到了内心的角落，那里有我们出生时留下的疤痕。老塔伊姆没有给出死亡的征兆。

“父亲，不要抛下我！我为你做了那么多祷告……”

之后，突然传来一声雷鸣般的巨响，这只鸟从中间劈成了两半，爪子零落成片，身体粉碎成灰。我闭上了眼睛：一阵眩晕袭击了我。我抄起砍刀，向这棵树挥去。这一刻，我听到树干中有一个声音在说话：

“我是最后一棵树。砍到我的人，如果是个男人，将会成为女人。如果是个女人，将会变成男人。”

我认得这声音，正是那个在坦蒂西科海滩偷走了我的世界的幽灵。希波骨问我：

“你在世界的表皮下面学到了什么？”

“我想回去，我累了。我现在知道你是谁了，帮我回去吧……”

“你成天拿着本子，在写什么？”

“我不知道，父亲。我梦见什么，就写什么。”

“会有人读吗？”

“可能吧。”

“这样很好，教会人做梦。”

“但是父亲，我们的土地发生了什么？”

“我的儿子，你不知道。当人入睡时，大地会出去寻找。”

“寻找什么？”

“生命不喜欢承受痛苦。大地在每一个人的内心中寻找，它要聚集所有梦想。是的，就把它当成梦的裁缝吧。”

“等一等，父亲。不要走，我需要告诉你一件事。不要走……”

“怎么了，肯祖？你在自言自语？”

另外一个人的声音吓了我一跳。是金蒂诺回来了。我胡乱编了一些借口。他已经找到了难民营。他向我描述了他看到的情景：成千上万农民靡集于此，个个饥肠辘辘，苦苦等待捐赠物资。绝大多数情况下，等来的只是死亡。他拽着我：

“走啊！去亲眼看看，你简直没法相信。”

确实，这是一副会让悲伤感到难过的景象。难民营黯淡如地面，伸展开来，就像大地自身的废墟。人们睡在露天中，没有被子，没有食物，没有饮水。难民们以树皮蔽体，如同落满灰尘的植物。欧吉妮娅，法丽达年迈的姨妈，就在这群人之中。我们做了自我介绍，解释了我们的来意。

“我的外甥女法丽达还活着吗？”

“是的，还活着。”

“居然还活着？”

她的双眼盈满了悲伤。甜蜜的回忆从心底涌出，她在静静地回想。她的指头彼此缠绕，也许是在给法丽达编辫子？突然，仿佛一个闪电劈中了我的脑袋，卡洛琳达的项链在我的衣兜里压着我。我很久之前就想弄清这件事了。

“欧吉妮娅姨妈，快看这条项链。”

老妇人仿佛被她看到的刺激到了。她迅速恢复平静，装得从来没有慌过神儿。

“谁给你的这条项链？”她问。

“是一个叫卡洛琳达的女人。”

“管理官的老婆？”

我点了点头，承认就是她。欧吉妮娅笑了。她一直心存疑虑。并不是因为卡洛琳达和法丽达长得很像。有一种东西，她不知道该怎么解释。她见过卡洛琳达，但只是惊鸿一瞥。作为管理官的妻子，她探访过一次难民营。她说会再来，但不知道到底何时，因为这取决于安全形势。

“现在，把卡洛琳达的这条项链给我吧。”

我很吃惊。为什么要夺走我的念想？

“你不该改变两姐妹的命运。她们不该知道彼此的存在。卡洛琳达不能知道我是她的姨妈。否则，她们会有难的。”

“您说的对，我什么都不说。”我把项链递了过去。

“我还觉得，卡洛琳达的心里有一只魔鬼。”

魔鬼？欧吉妮娅怎么知道那个恶灵的存在？通过卡洛琳达挑唆丈夫对那艘遇难船采取措施这件事。她是想让法丽达去死。

没有任何具体的理由，没有任何能让人理解的原因。魔鬼在报复，因为她不是那个被选中活下来的女孩。

“不说这对双胞胎了。你就好好地去找加斯帕尔吧。”

“好的。但是，我要去哪里找他？”

“加斯帕尔被带到另一个难民营了。”

老妇人告诉我们：这个难民营总遭袭。匪徒喜欢劫掠小孩。因此，人们决定将孩子们转移到另一个难民营。

“哪个难民营？在哪里？”

“这个我不知道。谁也不知道。”

最终，加斯帕尔的问题又解决不了了。现在，谁还能帮助我？欧吉妮娅劝告我冷静，我应该安安静静地等待，不要惊动魂灵。她平静的身姿为我做出了榜样。我慢慢地研究起她。这位老妇人瘦削而干瘪，整个人都架在骨头上。她的手几乎没有重量，但是抬手却让她不堪重负。她指着临时性的草房。我们可以在这里待几日。金蒂诺很快就同意了。他从袋子里掏出一盒鼻烟：

“阿姨，这是给您的。”

我们一直交谈到日落西山。老妇人向我们讲述了难民营中的情况。她并没有抱怨任何困苦。她知道，战争中受苦最多的是那些不以杀人为业的人。妇女和儿童永远会承受更多痛苦。有一件莫名其妙的事时不时会发生：她的腿开始灼烧一般痛。但她仿佛感觉不到：

“是饿的，这火。马上会过去的。”

她的头发是红色的，已经失去了光泽。“我的头已经死了。”她说。因为这死亡，她一贯身穿黑衣。她的眼睛看着四周，但仿佛没有观看任何既已存在的地方。在死亡的臂弯里，生命举手投降。痛苦越多，孩子生的也就越多。

“这里的女人想生就生了。”

她们无需怀孕，也不用十月怀胎。只要男人命令一声就够了：女人，再生一个！之后就生出了更多的孩子，出世便忍饥挨饿，一如垂死之人。欧吉妮娅不带悲伤地说起这一切。她继续给我讲那些母亲与她们在营中做的事。我才知道，有的母亲竟会偷孩子的食物，半夜里会拿走孩子御寒的毯子。

“但是，欧吉妮娅姨妈，一个母亲不该这样干……”

她摇了摇头，笑了。这连恶都算不上。只是母亲在教会孩子生存而已。我倾听着老妇人的话语，这时，我看到云匆匆地赶往高处。一眼没看见，天就黑了下来。营地里阴影弥漫，仿佛难民只配生活在黑暗之中。

这天晚上，我们在露天里睡下。我注意到，没有人睡在屋里。所有人都在营地周围挖好了坑。房子不过是牵扯匪徒注意力的幌子。这些坑的位置很偏远，隐蔽得不会引起怀疑。我们在其中一个坑里安顿下来，但是一点都不困。

“在洞里能睡着的都是幽灵。”金蒂诺评论说。

我们笑了，决定在附近走一走。路上，金蒂诺开始和一个美丽的少女调情。她立在一条窄路上，以闪光的油涂抹身体。月亮照出她身姿的美好。金蒂诺·马苏亚一下子就被她迷住了。他偷偷做了一个手势，让我先回去，不要管他。我在所剩无几的树丛中转了转。四周一片宁静，在死亡包围的战争营地，这仿佛是不可能之事。我躺在一个孤独的洞穴中，正准备解除疲乏，突然，一个人影出现，吓了我一跳。

“人们和我说你在这里。”

是卡洛琳达。我惊讶莫名，全身颤抖不已。我知道她可能来探访难民营，但我想不到竟会是这个时间。另外，她来难民营做什么？卡洛琳达说出了来意：她只是路过。她在等待一架小飞机，它会给难民营送来药品，并把她接走。

“你要去哪里？”

“我要去城里。”

“你丈夫知道吗？”

“不知道。他以为我只是来探访难民营的，明天一早就和小分队一起回去。”

“苏雷德拉呢？”

“那个印度人？他去首都做生意了。阿萨内留下了，一个人重新开店。”

苏雷德拉不在眼前，阿萨内可以更好地隐藏他勾结亚洲人这事了。埃斯特旺·约纳斯本人对这桩生意很有兴趣。但是他有一些奇怪的犹豫。同样奇怪的是他晚上经常造访死者罗芒·平托的房子。卡洛琳达不理解丈夫的行为：他和死人，那些他从前的敌人，勾勾搭搭，还和活人做生意，这正是从前他所反对的一切。

金蒂诺与他新认识的女孩逛到了我们这个坑附近。我的朋友搞到了一瓶酒，注意力平分给了美酒与美女。我和卡洛琳达一起离开，挥手和他再见。我们走出一段距离后，卡洛琳达悄悄地和我说：

“你这个朋友不会挑人。那个女人连梦见都不行……”

欧吉妮娅曾经和她说过这个女人。她叫若蒂妮娅，是个有魔力的女人，就连巫医都不用和她通连。这个女孩记得从来没发生过的事。但是，她把太多灵魂投入回忆，以至于所有人都同她一起想起。曾有一次下起了钱雨，钱币不停地落下，地上一片银白，叮当作响。所有的难民都如猫一般趴在地上，在尘埃中寻找。这并非是若蒂妮娅唯一的幻觉，她接下来的幻想也与现实格格不入。现在，她发誓会有另一场雨降下。刚一打雷，她就跑出家门，冲着天空大喊：

“玉米粉！快下玉米粉！”

难民既信她，又不信她。他们是不懂装懂？还是明明懂，但却装得不懂？因为每个夜晚，他们都把锅放在露天里，锅口朝上，准备接收预言中的面粉。

“这个女人很危险。提醒你的朋友……”

当我看到卡洛琳达叹了一口气时，不由得笑了。我们坐在地上，身体几乎紧紧挨住。头上，猴橙树叶沙沙作响，透露有微风吹过。枝条仿佛自己摇动，在向月亮起舞。我们甚至没有注意到金蒂诺和若蒂妮娅已经溜达回来了。他已经步履蹒跚，呼吸中有一股酒味。若蒂妮娅出了一个主意：我们还是去草房睡觉吧，那里有屋顶，而且不受野兽侵扰。我们跟随她来到一个草房，里面堆放着袋子和箱子。

"这里是存放捐赠物资的地方。"

里面什么都看不到。这里空间很小，我们甚至都睡不开，只能半躺在彼此身上。但这总比睡在露天的坑里要好。金蒂诺还坐着就睡着了。卡洛琳达和若蒂妮娅几乎是立即进入了梦乡。而我依然处于半睡半醒状态，我在整顿疲惫，将我的灵魂重新放入身体。我几乎失去了意识，这时候，我感觉到有一只手在触摸我的胸膛。我以为这是不小心碰到了。屋里太暗了，我没法看清是谁的手。可能是金蒂诺干的，他喝得太多了。但是，那只手并未停下来，它掀开我的衬衫，向我的下半身游去。这是一只女人的手，应该是卡洛琳达的，她想重温我们之间的爱恋。当那只手逡巡到我的肚脐下方之时，我想过阻止。但是我却一动不动，仿佛熟睡不醒。那只手在黑暗中滑动，抓住我的中心，准备在黑暗中玩耍。当我抚摸着那几根手指，不禁产生了怀疑：不像是卡洛琳达的手。手指很瘦，上面涂抹了芳香油。难道是若蒂妮娅？起初，羞耻压迫着我。我怎么可以碰触这个举止疯狂的女人呢？之后，我鼓起勇气，从上面越过了不知是金蒂诺还是麻袋，躺倒在挑逗我的女人旁边。我以绝望之态，解开套在那具无脸之身躯上的罩袍。我的手挤压着她的大腿，在上面滑动。她的臀部在我的手指下变得浑圆。但是她浑身油光水滑，我的手几乎待不住。到了她的胸部，我的手指才得以停住，而不是滑掉。乳房周围的肌肤上有一朵文身，我抓住那里，沿着胸往下走。文身在肚皮上盛放，我抓住它，就像水手紧紧抓住码头的系缆桩。我从未见过哪一具身躯如同这个女人这般扭动。我耽搁不去，仿佛没有尽头。我在周遭皆是死亡的地方做爱，也许正是反常给了我意义。若蒂妮娅（真的是她吗？）突然在潮汐中溢出，她的肉体抽搐不已。她的手指紧紧抓住麻袋，把它扯成碎片。玉米粒散得满地皆是，我感觉它们是从我的体内喷出，我仿佛是一株腹部迸开的植物，任种子散落于外。

早上，我于惊恐中醒来。房门在响，我吓得直跳起来。法丽达，我想是她。法丽达？为什么在惊恐不安之际，这个名字会突然浮现？一束光进入了仓库。有人出去了，没有关好门。我的眼睛早已习惯了在昏暗中视物，在那一瞬间，物品逐渐清晰起来。只有我和卡洛琳达还在草房子里。她已经醒了，正在跪着查看地上的东西。

“看啊！有虫子！”

在麻袋旁边，成千上万的虫子正在偷吃粮食。虫子以巨人的胃口准备清空仓库。这怎么可能？外面饿殍遍野，而这里却有太多粮食腐烂。

“都是我的丈夫埃斯特旺·约纳斯的错。正因为此，我才会叫他叛官！”

卡洛琳达的怒火熊熊燃烧。她的丈夫下达过明令：只有在他到场时，才能将麻袋中的粮食分发下去。这是一个政治问题，为的是让难民看到他有多重要。然而，好几个星期，管理官都不敢踏上那条危险重重的路来探访难民营。因此，粮食便拖着没发下去。

当我走出草房，光线刺痛了我。阳光一派大好，但又是为了什么？我宁愿仓库的黑暗蔓延至整个营地之中。这样，也许会看不见那些乞讨的胳膊，它们在所有的地方伸开：给我点儿，给我点儿。我只能摇摇头拒绝。但是没有人相信我什么都没有。

我不想看到这幅情景，便和金蒂诺一起去帮欧吉妮娅砍柴。她躬身驼背，看起来就像她正在寻找的老树。

“有一天，人们误会了，也会把我当柴砍了。”她开起了玩笑。

在树丛中，我抄起砍刀，想让欧吉妮娅的劳作轻省一些。但是她却突然从我手中抢走了刀。我永远忘不了那双死死盯住我的愤怒双眼：

“我要自己干活！”

老妇人汗水淋淋，费了很久才砍下一棵树。她的动作大开大合，霍霍生风。她唯一的担心就是我们站得离她太近了。当看到我们没有闪开时，她纠正我们：

“靠边儿！”

当我们把砍下的柴绑成一捆时，欧吉妮娅才向我们解释缘由：老年妇女在这里不受欢迎。她们是沉重的负担。她的同龄人都被抛弃了，只有那些还可以干活的人还能得到给养。因此，欧吉妮娅力图承担最重的活儿。她求我们永远不要帮她干活。我们答应了她。她呼吸得愈加缓慢。她太累了，胸部都陷到肋骨里面了。卡洛琳达来了，加入了我们。我们四个躺在草丛中，等待老人家恢复体力。欧吉妮娅躺在我和金蒂诺之间，这样，别人就不会看到她筋疲力尽的样子。她掏出那盒鼻烟，深深地吸了进去。卡洛琳达兴奋地开始讲话。她想出了一个计划：今天下午，营地会接收另一批无家可归者。她看到这批人已经到了，个个披着树皮。到了晚上，所有人都要在蒲桃树下集合，给他们唱欢迎歌。而我们可以利用这个时间，将仓库里的粮食分发出去。金蒂诺听得高兴，不由得跳了起来。但是欧吉妮娅却不动声色地看着我们，仿佛在揣度我们的想法。之后，她说：

“这里很多人知道粮食这事。我也知道。但是，我们什么都没做。好像我们更想死去。”

“都是饿的。”金蒂诺说。

欧吉妮娅露出悲伤的笑容。她打了一个手势，让我们一起回到营地。就在我们马上要走到那棵巨大的蒲桃树下之时，一阵嘈杂声吸引了我们的注意力。无家可归者正聚集在一个火堆旁。现场一片混乱。欧吉妮娅走过去了解情况。片刻之后，她回来了，告诉我们吵嚷的缘由：

“出大事了。今天早上，孩子们开始生火时，锅全都裂缝了。”

我不明白。欧吉妮娅姨妈慌张得把鼻烟点到了鼻孔外面。我把金蒂诺拉到一边，希望他给我解释一下。

“兄弟，到底发生了什么？”

“如果锅全裂缝了，说明这天晚上有人做爱了。”

金蒂诺解释说：初到一个地方，比如这里，最初的几天不能做爱。对于刚到的人，这个营地是全新的，充满各种禁忌。若是不肯安生等待，则会带来巨大的灾难。现在，难民营的老人想把犯下不敬之罪的人揪出来。他们怀疑我们，尤其是金蒂诺。人们看见了他和若蒂妮娅在一起，整夜在外交谈。卡洛琳达向我的朋友怒吼：

“金蒂诺，你真够可以的。她才不过是个孩子。”

“她是个女人，已经是可以舂玉米的年龄了。”

他笑了。金蒂诺一向没有正形，是个心里拎不清的人。我在想我自己。难道是因为传统，卡洛琳达才避开我？现在我才明白前一天晚上她为何如此逃避。无论如何，这种说法宽慰了我。欧吉妮娅命令金蒂诺去找若蒂妮娅，提醒她这样做有什么危险。但是让我意外的是卡洛琳达插了一嘴。

“要去找她的应该是你。”她指着我说。

“什么？”难道她在黑暗的仓库中觉察到了和那个疯女人做爱的人是我？金蒂诺要卡洛琳达说得清楚一些。

“不能再让人看到你们两个在一起。没有人怀疑肯祖。”

我松了一口气，急急忙忙离开这里。我在围住村子的荆棘丛中找到了若蒂妮娅。她用力抓住我的手，告诉我要记住的不是过去，而是未来。她看见了什么？她看见了清早一个女孩将趁着微明离开村庄。其实，那个女孩就是她。突然，若蒂妮娅开始旋转，同时发出尖叫。她感到疼痛难忍，一个幻想中的带刺铁丝网将她卷了起来，这样，她变成了一处禁地，没有人能够进入。她在大哭之中解脱了禁锢，并向我展示真实的伤口。她的皮肤被看不见的尖刺扎得鲜血淋漓。我想安慰她的伤痛。因此，她伸出胳膊，环住我的身体。但是，这一次触碰我的却并非是温柔的文身。我真实地感到有铁丝网在扎我，不明不白的尖刺将我团团围住。我挣脱她的怀抱，跑着逃离这里。我返回我们的驻地，连呼救命。但是欧吉妮娅却让我不要相信，她把我拉到一边，悄声说：

“忘记那一切吧。你看到的并没有发生。”

若蒂妮娅变成非人的形状。她想把我带去其他世界。谁让我鬼迷心窍，会以让她成为母亲的方式抚摸她？因为，身体与身体相爱时发出的绝望的叹息，会让一个女人超脱现世，在自身之中栽下无限生灵的种子。发生的一切是一个暗示，让我尽快选择另外的路途。

“明天一早你就走吧。”

“好的。我们今天晚上就走。”

“你一个人走。金蒂诺决定留下。他喜欢若蒂妮娅，中了她的魔法了。”

这天晚上，营地仿佛在过节。如此的凄惨之中，怎么可以欢庆？我们还没有分发粮食，又为何事而欢庆呢？那一刻，我确信地下存在着力量，灵魂在那里恢复。悲伤达到顶点便是欢喜。人们欢喜于梦到的未来。就在那一刻，我们的计划开始实施。金蒂诺身背麻袋，篝火熊熊，将他照得通亮。当无家可归者意识到那是什么之时，他们发出了一声欢呼。有些人龇着牙，直扑到面粉上。他们直接用手捧着面粉吞下，直至呛得透不过气。女人们规定了秩序。胳膊干净利落地去除了锅、水、柴中的魔法。当男人将鼓敲响之时，面做好了。女孩子们扭摆着腰肢而来，她们的身体因此更显丰满。火光下，她们的肩膀如波浪起伏，一切都看不清了。酒首先被倾倒在沙子上，这是在向祖先致敬。欧吉妮娅摇着我的胳膊，大喊：

“战争要结束了，孩子！战争要结束了！”

她加入了跳舞的队伍，转啊，转啊，转啊。我求她休息一下，但她不听。她身体衰弱，感到眩晕，但她依然一边呻吟，一边旋转。

“停下来，欧吉妮娅！停下来！”

“你没看到吗？我停下来了。大地在跳舞吗？”

就这样，如同小女孩编的故事，她让大地开始旋转，这时，她温柔地闭上了双眼。实际上，她依然在旋转，直至倒在地上。

我心里感觉不妙，急忙赶到她身边。她的心已经游向另一处海洋，那里正是我父亲的漂流之地。

我环顾左右，只有我注意到欧吉妮娅的死亡。我为她盖上毯子，仿佛她是睡着了。我小心翼翼地离开。到了该走的时候了。我不想与金蒂诺互相解释。他有权利什么都不告诉我。我不择路地步入丛林。我如此专注，以至恐惧未曾来找我麻烦。我向前走，甚至认出了金蒂诺带我走过的路。再往前走一点，就会出现一棵树。就在那里，我和我父亲合力杀掉了一只鹭鹰。我倒在柔软的路边，远离所有的枝条。我实在太累了，前一天晚上，我几乎整夜未睡。睡意立即抵达了我的四肢百骸。为了返回马蒂马蒂，我需要积蓄体力。我想见到法丽达，即便我没有带回她的儿子。

第十一章

海浪书写故事

风景抵达了海边。此时，公路上只铺着一层白沙。旅行在继续，而图阿伊的状况日渐衰退，仿佛已经接近了终点。他倒在公车的座椅上，毫无精神，一如木丁贾病倒时。

“如果我这场病之后不会走了，或者不会说话了，你能重新教我吗？”

男孩没有回答。他把图阿伊的座椅拖到沙滩上，在沙丘上安放好，那里有灌木为老人的病床投下阴凉。

“看到弃在那儿的旧船了吗？”

“看见了，叔叔。”

“就像苏雷德拉对待他的妻子一样，把我放入那条船里。”

“不，叔叔。你要和我一起生活。我会照顾你的。”

“孩子，把我放在那条船里。我希望在死时看不到任何陆地，只有水在周围环绕。”

木丁贾走近那条独木舟。这条小船的船舷上隐隐有字。船的名字几乎辨认不出来了。

“这条船叫什么名字？”

“叔叔，你不会相信的。”

“为什么？”

“因为它叫塔伊姆。还记得吗？这正是肯祖的船的名字。”

对于这个巧合，图阿伊表现得无动于衷。他可能认为孩子只是想分散他的注意力。他再一次要求将他放在船上。最后，木丁贾抱着他，将他安放在船的肚子里。

“现在，叔叔，您看看海，休息休息，恢复一下。过一会儿，我们就回公车，这样行吗，叔叔？”

“再也不要送我回公车了。晚上，全是老鼠。我会被吃了的，因为我现在没法自保。”

老人有其他的计划：他们会待在这里，等着海水涨起来。当船已经在水里时，推它进海就容易多了。男孩没有回答。他的双眼因为要面对这死亡的嘱托而盈满了泪水。

“等一等，叔叔，我为你读日记。”

“还差多少？”

“就差一点了，只剩最后一章了。”

“就不用给我读了。留给你自己吧，一个人的时候读一读。”

“不，叔叔。我现在可以读的。”

“那就等等。不要现在读了。等水涨起来的。”

海鸥在空中盘旋，发出痛苦的哀鸣。海面平滑如镜，完全看不出一场死别正在发生。

“木丁贾，告诉我。你读的那些，都是日记里面写的吗？”

“我不明白。”

“我在问你有没有自己添油加醋。”

“但是，叔叔，怎么能这么想呢？”

“算了，现在给我读吧。”

海浪涨到了沙丘，围绕起独木舟。海浪的冲击之下，男孩的声音几不可闻。图阿伊躺下了，看着海水到来。现在，小船开始摇摆。不久之后，它将变得轻盈无比，就像女人徜徉于爱抚之中。它挣脱了大地的怀抱，它自由了，可以启航了。图阿伊的旅行就此开始，他将抵达拥有无尽想象的大海。海浪上写下了一千个故事，在它们的轻摇下，全世界的孩子睡着了。

肯祖的最后一本日记

大地的书页

欧吉妮娅死后，我已不抱任何希望。我返回马蒂马蒂，没有金蒂诺相陪。我失去了友谊。没带回加斯帕尔，我也失去了爱情。法丽达不会接受不守承诺的我。她会离开我，去往无可企及的远方。

我沿着镇上那条漆黑的路，向阿萨内的家走去。安东尼尼奥开门看见我，连连后退数步，仿佛活见了鬼。他的胳膊用绷带包了起来。阿萨内坐着轮椅来到门口。他转头问安东尼尼奥：

“告诉他那个消息了吗？”

“发生了什么？法丽达怎么了?”

阿萨内向我的方向移动。他撑在轮椅上，用尽全力，想安慰我，他用胳膊搂住我的肩膀。

“不用再回那里了。”

“不用?”

“法丽达等不到你了。”

“怎么了？有人把她接走了?”

“可以这么说……”

“什么叫可以这么说?”

“冷静，肯祖。我们这就告诉你。”

事情发生得不明不白。阿萨内授意安东尼尼奥坐上独木舟，划向那艘遇难船。当他找到法丽达时，不觉大吃一惊。这个女人脏兮兮的，只能看得见眼睛。使者安静地走上前去，介绍自己为肯祖的朋友。法丽达想知道肯祖的消息。她说他已经走了太长时间了。看来是找不到她儿子了。大地如此广袤，而战争却比这一切更大。

“人们永远找不到他。”

之后，她决绝地说:“不能再拖下去了，你看到那座灯塔了吗?”她指向日落之处。“我必须让那座灯塔重新点亮。”安东尼尼奥表示愿意给她帮忙。她却说：她会点亮灯塔，照亮黑暗。灯塔的光会指引船只接她离开这里。安东尼尼奥得留在遇难船上，监视其他人的动静。法丽达划着安东尼尼奥的船离开。他甚至看见了她抵达那个小岛，并走进灯塔里面。她在里面停留了一段时间，走了出来，然后拿着几个旧油桶再一次进入。突然之间，地动山摇，灯塔发生了爆炸。火光冲天，犹如建筑伸出了贪婪的舌头。整座岛屿都陷入了火海之中。

“不可能。法丽达不会死的！我要去灯塔那里，明天就去。”

“不用了，安东尼尼奥已经确认过了。”

“我不相信这些鬼话。也许就是他把她害了。”

我转过身去，沿着走廊快速离开。我走进苏雷德拉的屋子，犹自沉浸于震惊之中。我没有哭。但是巨大的疲惫憋得我喘不过气。阿萨内进入房间，他的轮椅在黑暗中咯吱作响。

“肯祖，你这样对那个孩子不公平。”

“对安东尼尼奥？我太了解他了。”

“但是这一次你错了。我可以证明这孩子有多难受。”

阿萨内向我做了保证。安东尼尼奥曾划着另外一条小船，试图营救我爱的那个女人。他冒着生命危险进入火场。他的胳膊如火炬一般熊熊燃烧，差点保不住。

“现在，你要多给安东尼尼奥一点尊重。相信我，肯祖。”

悲伤淹没了我，我只能将怀疑放在一边。我承认我错了，尽管我并不相信。我让阿萨内代我向安东尼尼奥道歉。

“阿萨内，我必须离开这里。”

“正是时候，我的朋友。明天早上，我们公司的第一辆公车发车。”

我装作没有注意。我们公司？难到买卖已经做大了？总而言之，战争时期发财比和平时期容易多了。我问了另一个不那么敏感的问题：

“公路已经通车了吗？”

“不确定。我们就是试试。”

“好吧。明天我会搭乘这辆公车。现在别管我了。我太累了。”

我想一个人独处。在阿萨内的说辞里，我闻到了虚假的味道。这瘫子如今和管理官沆瀣一气，替他办事，只为谋得好感。法丽达的死也许就是替他办的事。安东尼尼奥可能是个好打手。

整个夜晚，我都在做一个梦，梦中一切恍若真实。在我入梦之时，太多太多问题让我心神难安。是有人借安东尼尼奥之手谋害了法丽达？那孩子真的曾舍命救她吗？我永远不会知道真相。明天我将返回我的村庄。我出来了多长时间？我的母亲，她身怀无法出世的孩子，又过得如何？还有小六。他依然在草地上咯咯咯地啄食吗？

现在，这些幽灵仿佛齐聚在我的脑子里，要告诉我隐秘之事，向我揭示另外一个世界。我将讲述最后一个梦，试着将自己从可怕的回忆中拯救出来。我不希望那些思绪回来。我需要睡觉，完全地睡觉。我要离开这具盛满等待与痛苦的身躯。我要平息我的怀疑，冷却复仇之火。明天，我要搭乘公车返回故乡。我什么都不想记起，无论是法丽达、卡洛琳达、金蒂诺，还是其他什么人。我想进入海中，就像阿斯玛，在漫无目的的小船里漂浮。或者像我的母亲教给我的那样：成为最为精微的影子。这就是我的希望：抹去自己，失去声音，不复存在。好在我一点一滴地记下了我的旅行。因此，回忆被囚禁于纸上，离我远远的。这是最后一本日记。之后，我会把这一切放入苏雷德拉送给我的行李箱中。最终，苏雷德拉是唯一一个我愿意有他相伴的人。这个印度人再加上他梦中的国度：无边无际的大洋。

这样，我要做的是记下这个夜晚在我脑子里的旅行。我要做的是放下阻止我成为影子的最后的负担。我把梦安放于野蛮的无秩序之中：一大早，我走下一个沐浴着晨光的山谷。这仿佛是世界上第一个黎明。光被自己的初试啼声吓了一跳，它照亮最为微小的事物，体验着自身的伟大。色彩，因为如此之新，而不断变幻。在那一刻，我看到了一大群人，全部穷困潦倒，以树皮与破布蔽体。这群人足有成百上千。他们填满了我的睡意。我村子的巫师走在最前面，他身披肮脏的麻片，布条触地，扬起灰尘。占卜师凝视着大地，就仿佛宇宙的命运系于他手。创造另一日的庄严决定沉沉地压在他的眼眸之中。

“就是这里！”他说。

是他选的路，仿佛在寻找一处看不见的风景的中心。之后，人群沿着他的步履缓慢前行，仿佛生命在以引路人的足迹为食。巫师登上蚁丘之巅，俯瞰着平原。他整理好羽冠，将麻片裹得更紧，好像炎热沁得他的骨头发冷。然后，他举起权杖，做出宣判：

“让公路死亡、道路消失、桥梁垮塌吧！”

之后，他开始讲话。他的语速缓慢，在风中撕扯着嗓子：

“你们是在为今天哭泣吗？但是，你们要知道，之后的日子会更糟糕。正因为此，他们才发动了这场战争，为了给时间的子宫下毒，为了让现时分娩出怪物，而不是希望。不要再去寻找你们那些为和平而远走他乡的亲人。即便你们相遇，他们也不会认出你们。你们早已变成了无家无国的动物。因为，发动这场战争，并非是为了让你们离开这个国家，而是为了在我们心里驱逐这个国家。现在，武器是你们唯一的灵魂。他们偷走了太多属于你们的东西，甚至连梦都不是你们自己的。在你们的土地上，一切都不属于你们，连天空和海洋都是外人的。未来将比过去糟糕一千倍，因为你们将看不见新主人的脸庞。而你们的兄弟会去侍候这些主子，同时惩罚你们。最好的战士不去与敌人作战，却将长矛插入自己女人的腹部。本该统领你们的人在庆祝你们自身毁灭的宴会上推杯换盏。就连最卑微之人都能成为你们恐惧的主人，因为你们生活在一个残暴的国家。你们只能寄希望于杀人者杀死自己，因为所有人都害怕正义。大地颠倒过来，埋在地下的人会浮露于表面，找回他们被割掉的耳朵。还有一些人会在鬣狗的肚子里寻找他们的鼻子，或是在垃圾堆里翻捡他们原来的器官。一阵风刮过，将星星悉数拽到天空中，夜晚将变得很短，因为有如此多的光在你们头上爆开。狂暴的旋风将沙子卷起，鸟儿虚弱地掉落于地。无名的灾难降临，田园变成了墓地，植物干枯萎谢，只会结出带盐的石头。女人将咀嚼沙土，因为人太多又太饥饿，会吃出一个大洞，大地会失去内在，变成空心。然而，最终，将剩下一个如现在一般的清晨，充满了新生的光，会听到了一个遥远的声音，仿佛是我们成为人类之前的记忆。一首柔美的歌响起，这是第一位母亲温柔的摇篮曲。是的，这首歌是我们的，是对根的记忆，它深深扎下，谁也不能替我们拔除。这个声音给我们力量重新开始。当听到它，尸体会在墓穴中安息，幸存者将用恋人般真挚的爱来拥抱生命。如果我们可以摆脱这段让我们变成动物的时光，这一切必将成真。让我们努力作为一个人死去，尽管我们已不是。这场战争将我们变成了动物，就让它死去吧！”

巫师筋疲力尽地停下。他身上的麻片早已浸透了汗水。他再一次举起权杖，重新开始说话。但是他说出的话语不属于任何语言。人们紧跟他余下的讲话，试图理解只言片语。这时，巫师停了下来，他举起葫芦，往肩膀上倾倒某种液体。之后，他走下蚁丘，将葫芦里的液体滴在每个人身上。然后，至为诡异的事发生了，所有人都躺倒在地，扭着身体，抽搐、尖叫。再后来，痉挛、流涎与鼻涕开始肆虐。一个接一个，所有人都失去了人的模样。他们的身体上长出了羽毛、鱼鳞、利爪、尖喙、尾巴与鸡冠，变成了一群动物。言语是最后一件被改变的事物，一段时间里，可以听见人的叫喊与惊恐声从最无理性的动物身体里发出。不一会儿，语言也消失殆尽，这群动物乱哄哄地逃入了丛林。

面对这一情景，我不禁双腿跪下。我看了看自己的手，确定还是人形。我脱下衣服，抚摸到身形一如往日。我小心翼翼地咳嗽了一声，确认声音还在。我抖抖簌簌地发出简单的词语，再说出没有关联的句子。毫无疑问：我依然是人，还住在那具用惯了的身体里。

之后，在梦的烟尘中，我看见一只公鸡在向我走来。是小六，我可以确定。因为他正与其他人相反，羽毛、爪子、鸡冠悉数脱尽，变成了一个人。他看我时依然像个动物。他用眼睛恳求着我，但我猜不出要我做什么。我，一个做梦的人，又能帮得了他什么？然后，殖民者罗芒·平托出现了，管理官埃斯特旺、舍塔尼、阿萨内、安东尼尼奥与警察们陪在他的左右。他们携带武器，向小六走来，想拧断他的脖子。他们将我的兄弟团团围住，说：

“你父亲说得对。我们一直在找你。”

这一刻，小六向我呼救。我不自信地看了看自己。但是，我所看到的一切令我大吃一惊：因为，我的胳膊上缠绕着布条与装饰品。我的手紧握着一支长矛。我确信：我是一个纳帕拉玛！当看到以全新形象现身的我，那群试图虐杀我弟弟的人眨眼工夫便消失得干干净净。但是小六依然在与动物状态做着斗争，正努力摆脱加在他身上的诅咒。我觉得他需要一点童年回忆，因此，我轻声唱起母亲的摇篮曲，这是他与家人最后的牵连。随着我的歌声，他完全变成了人，完完整整的六月二十五日。仿佛为我的歌声所召唤，我的母亲怀中抱着一个孩子，出现在他身边。我呼唤他们，但是他们仿佛没有听到。小六将张开的手放在胸口，之后，两手合上，比成贝壳。他在感谢我。我挥手告别，他搀扶着我的母亲，消失在无穷无尽的绿意之中。

我感觉夜晚就要结束。一样东西提醒我，在梦消失之前，我需要加快速度。因为现在我于梦中看到了一条公路，我正在上面行走。但是，这条路很怪：它并非静止不动，只等待人走上去。它不断迁徙，从一处风景转入另一处风景。这条路不用我认路。前路莫非是要瞎子去引领醉鬼？我任其引领，忘却了时间，直至看到阴森的意外，令我的心抽成一团。一辆烧毁的公车出现在我面前。它被弃置于路旁，前端撞在一棵树上。突然，一声轰然巨响，我的头爆开了。仿佛整个世界都天崩地裂，在异乎寻常的白光之中，血纤细而蜿蜒地流出。因为突如其来的眩晕，我开始摇晃。我想倒下，让温暖的大地呵护。我任由装着日记本的行李箱掉落在地。心里有个声音让我不要停下，那是我父亲的声音，在给我加油。我战胜了麻痹，沿着公路前行。前方，有一个小孩正在缓慢地行走。他的手上捧着一些看起来很眼熟的书页。我走上前去，于极度震惊中确认：正是我的日记本。此时，我已呼吸困难。我呼唤他：加斯帕尔！那孩子摇摇晃晃，仿佛第二次出生。日记本从他的手上掉落。一阵并非生于空中而是来自大地的风吹走了那些书页，散落在公路之上。就这样，一个接着一个，字母变成了一粒粒沙。一点一点地，我所书写下的一切终将化为大地的书页。

附录

我们不知道我们会说这些语言

米亚·科托

在一篇我从未发表过的小说中，我写了这样一件事：一个病入膏肓的女人，为了舒缓无法忍受的痛苦，请求丈夫给她讲一个故事。他刚刚开始讲，她便打断了他：

“不，不是这样。我希望你用一种我不懂的语言来讲。”

“不懂的语言？”

“任何不存在的语言都行。我太需要什么都不懂了！”

丈夫心里想：人怎么会说一种不存在的语言

呢？开始，他只能含糊地发出几个奇怪的单词，他觉得太荒唐了，因为这仿佛证明了他无法当一个人。然而，对于这种没有规则的语言，他慢慢地应裕自如了。他不知道是在说话、唱歌还是祈祷。他停了下来，发觉妻子睡熟了，脸上犹停驻着最平和的笑容。后来，她坦然对他说：呢喃带给她拥有记忆之前的回忆，也为她带来了睡意的安适，正是这睡意连接着我们与我们存在之前的一切。

童年里，我们所有人都曾体验过这最初的语言，这是一种混沌的语言。我们都曾安享一个神圣的时刻，在那一瞬间，我们的生命可以成为所有的生命，而彼时，世界依然在守候一种宿命。这种与畸形而又混乱的世界间的联系被乔伊斯称为“混沌理论”。朋友们，正是这种联系促成写作之事，无论身处哪块大洲，无论归属哪一个民族、语言与文学体裁。

我认为，身为诗人与小说家，我们所有人都从未停止追随这原初的混沌。我们所有人都希望返回混沌，在这种状态下，我们从一种语言中出离，从而，所有的语言都成了我们的语言。换句话说，我们所有人都是梦那不可能的陊译者。实际上，梦向我们讲述着任何词语都不会说出的东西。

作为梦的生产者，我们的任务是激励这不可说出的语言，在这盲目的语言之中，所有的事物都可以拥有所有的名字。病入膏肓的女人的乞求正是我们所有人的期盼：取消时间，让死亡安睡。

我来自非洲。也许你们期待我利用这次讲演来诉苦、指责别人或是推卸我身边人的责任。但我想说的是，我们同时既是牺牲品又是加害人。我想说的是，某种进程造成了非洲的贫困，如今，它也正在以同样的方式阉割我们作为故事创造者的普遍与普世的条件。

在这样一个彰显词语价值的盛会，我演讲的主题是，今日的主流标准如何以方便快捷之名贬损了词语与思想。我会讲到商业因素，它们向其他文化、语言与思维方式紧闭了大门。今天，词语日渐丧失诗意的维度，无法承载一个不同世界的乌托邦梦想。

让人类存续至今的并非只是智慧，而是我们创造多样性的能力。今天的这个系统仅以收益与成功便捷来做出选择，它否定了多样性。非洲人又一次成为“他者”，卖得不多，买得更少。无法用英语写作的非洲作家（尤其是以葡语书写的作家）置身于边缘的边缘，在那里，词语唯有斗争，才不至于湮于沉默。

亲爱的朋友：

语言是用来交流的。但是，它们并非只“用来”，而是超越了功用层面。有时，语言让我们存在。有时，语言让我们不存在，故事中让妻子沉睡的男人便是这种情况。在我们所讲的一切之中，我们出生，我们死亡，即便身体消散之后，我们仍绑缚在语言上。甚至是那些从未出生的人，甚至是作为词语的愿望或对沉默的思念而存身于我们之中的人。

一种功利而又化约的理解支配了我们的生活，将语言化作语言学家才可以操作的技术问题。然而，我们所知晓的语言——甚至那些我们不知道我们会说的语言——是多种多样的，并非总可以被支配我们意识的理性思维捕捉到。总有一些东西脱离了标准与法则。这一逃逸层面是我作为一个作家最为着迷的。词语的神圣使命驱动着我，它不仅仅命名，而且创造并施予魔法。

日常生活中用以交流的集体法则制约着我们所有人。但写作者总希望说出的事远离庸碌。对于交流，我们的世界并非手到擒来。我们的孤独也并非一贯如此强烈。从来没有很多条道路。我们也并非不曾造访过很多地方。

我是生物学家，我曾造访过我国的草原。在这个地区，我遇到了不会阅读的人。但是他们会阅读他们的世界。在这个其他智慧构成的宇宙中，我是不折不扣的文盲。我不会阅读大地、树木与动物的指示。我不会阅读云彩，也不能读出雨的预告。我不会与死者交谈，我失去了与祖先的联系，正是他们给了我们永恒之感。在造访草原之中，我逐渐学会了敏锐，帮我出离自己，远离自己的确信。在这块土地，除了梦，我一无所有。我是可梦之人。

莫桑比克是一个广袤的国度，既广且新。这里有二十五种不同的语言。自1975年独立伊始，葡语便成了官方语言。三十年前，只有极少数的人可以说葡语，而讽刺的是，这门语言借自殖民者，却最终否定了殖民历史。三十年前，几乎没有莫桑比克人的母语是葡萄牙语。现在，12%的莫桑比克人将葡语作为第一语言。相当多的人能听懂或会说葡语，只是在葡语的规范之中深深打下了非洲文化之根的烙印。

这种变迁让不同的世界狭路相逢，而不同并非仅体现在语言上。语言存在，构成了更为辽阔的文化宇宙。有人为了保卫濒死的语言而斗争。这种斗争功德无量，不禁让人想起我们生物学家挽救濒危动植物的行为。但是，倘若其扎根的文化能保持活力，语言便可以被拯救。一如物种，唯有在其栖息地与自然进程得以保护的情况下，才能够拯救。

唯有文化保持创造性，唯有文化不断变化，唯有文化与其他文化对话、融合，文化才能存续。语言与文化就像生物体：交换基因，创造共生，回应时间与环境的挑战。

在莫桑比克，我们所生活的这个时代里，相遇与离别在升腾与悖论的熔炉中试炼。在不同世界的互译之中，语言并不总可以成为桥梁。比如说，自然、文化或社会这种在我们眼中习以为常的概念却很难找到对应。有时，在当地语言中，没有可以表达这些概念的语汇。有时恰恰相反，在欧洲语言中没有相应的表达，可以对译莫桑比克文化中的价值与范畴。

我还记得一件我亲历的事。那是1989年，我正在伊尼亚卡岛上做研究，联合国的技术团队在岛上登陆。他们是来做所谓“环境教育”的。我不想评论“环境教育”这个词，这里隐含着一种救世主般的傲慢。科学家们怀着良好的愿望，携带幻灯与电影的放映机而来。总之，他们携带了在他们的语言中被称为“教育设备”的东西而来，他们的愿望很纯真，技术会将所有的理解与交流问题化为无形。

与当地民众的第一次会议上，便出现了奇怪的理解问题，显示出翻译的困难不在于词汇，而在于思维。在主席台上，科学家说英语，我翻成葡语，一位渔夫再将葡语翻成奇丁蒂涅语（Chidindinhe），这是一种当地土语。从访问者的自我介绍开始（我要插一句话，大部分科学家都是瑞典人）。“我们是科学家。”他们介绍道。然而，“科学家”这个词在当地语言里没有。翻译选择了“Inguetlha”这个词，意指“男巫”。这样，在人们的眼中，访问者就成了白皮肤的男巫。对于这刚刚被赋予的身份，领导该团队的瑞典人一无所知，接下来，他宣称：“我们到这里搞环境。”

好吧，在该岛文化中，“环境”这个概念既不存在独立的词汇，也没有其他词可以恰如其分地指代。翻译犹豫再三，最终选择了“Ntumbuluku”一词。这个词有很多意义，但主要是指宇宙大爆炸、人类诞生那一瞬间。你们可以想象得出，岛民们都要疯了：居然选中了他们的小岛来考察一件如此高贵、如此形而上学的事件。

在交谈中，这位瑞典人要人们确认一下困扰最大的环境问题。人们面面相觑，非常迷惑：环境问题？

彼此交换看法之后，人们选出了一个最严重的问题：Tinguluve，从林里的野猪，它们总是侵入农田。有趣的是，“tinguluve”这个词同时也指生病而死的人化成的幽灵。无论是幽灵还是野猪，对于“tinguluve”，这个外国顾问都有些无所适从。他从来没有见过这种动物。人们解释了一下：这种野猪神秘地出现在岛上，在丛林里繁衍，现在毁坏了农田。

“毁坏了农田？这事简单：我们把它们打走！”

人们以怀疑的沉默回应。什么？打走幽灵？不管再讲什么，人们都不愿再听或再说了。就这样，缺乏信任的沉默实在难堪，会议无奈戛然而止。

晚上，一群老人来敲我的房门。他们让我召集那群外国人，把野猪这个问题说明白。顾问们都来了，他们都想知道为什么我们要把他们从睡梦中叫醒。

“因为野猪那件事。”

“野猪怎么了？”

“野猪并非只是野猪……”

“那到底是什么？”他们问道。一个东西无法同时既有生命又没有生命，他们太笃信这个了。

“差不多是野猪，但是不完全是野猪。”

简直是越解释越乱套。野猪的定义越来越含糊了：“可以化身的动物”“转瞬即逝的动物”“谁谁谁派出的访问者”。一个动物学家不堪其扰，便拿出一本教小孩认动物的书，向大家展示了一副野猪的图片。

岛民们看了看图片，说，“就是这个”。科学家们满意地笑了，然而这胜利来得太短暂，因为一位岛民接了一句:“是的，就是这个动物，不过只在晚上有。”我觉得顾问们一定暗中质疑我当翻译的水平。这样，他们就不需要自我怀疑，也不需要反省他们在一片陌生土地上的行为方式了。

不管翻译是不是正确，反正顾问与当地民众之间的关系再也没有好起来过，现代幻灯片上的展示根本无从弥补最初的误解造成的伤害。

还有一次，我陪伴总统率领的代表团访问莫桑比克北部的一个省份。我国总统介绍了部长代表团的成员。当介绍到文化部长时，翻译停顿了一下，然后定了下来，说:“这位是玩耍部长。”

某些莫桑比克语言中没有“穷”这个词。“穷人”被称为“chisiwana”，这个词指的是孤儿。在这些文化中，穷人并非仅指没有财产的人，而尤其是指那些失去了家庭关系网的人。在农业社会中，家庭关系对一个人的生存至关重要。如果一个人没有亲属，那他就是穷人。贫穷意指孤独，亦即割裂了与家庭的联系。其他国家的顾问或专家在制作有关穷困的报告时，恐怕从来没有考虑家庭关系与互助性的社会关系的摧毁所造成的巨大影响。当举国变成“孤儿”时，乞讨仿佛是唯一的出路，以此求得奄奄一息地生存。

这些场景无一不在强调一件我们早已知道的事：非洲的农村性思维模式不能简单地化约成欧洲的主流思维。有些人希望理解非洲，因此埋首于政治、社会与文化现象分析。然而，想要理解非洲的多样性，必须了解其思维与宗教谱系，大多数情况下，这些宗教连名字都没有。这些谱系非常好玩，因为大多数情况下，神祇把它们召唤了出来，然而它们要拒绝，这个基础之上，它们才得以建立。对于我祖国的绝大多数农民，世界起源这个问题没有意义：世界早就存在。在一个没有初始的世界上，上帝的意义何在？因此，在莫桑比克的某些宗教中，神以复数形式出现并与活人同名。正如马克瓦民谚所说，上帝就像一枚鸡蛋："如果我们不抓紧，它就会掉在地上。如果我们抓得太紧，它就会碎掉。"

同样，"环境"这个概念暗示了我们人类居于中间，而事物围绕着我们存在。实际上，事物并非存在于我们周边，我们与它们共同构成了一个世界，我们是事物与人，共居在一具不可分割的躯体之中。思想的多样性提示我们，也许必须去洗劫种族主义的最后一个堡垒了，这便是唯一真知主义的傲慢，这样便无法从贫困地区的哲学中获益。

我刚才讲了莫桑比克农村地区特别而又不同的世界观。但我并不希望你们将其视为一种本质，而对时间与交换的动能视而不见。今天，当我再度拜访伊尼亚卡岛，我看到岛民已经组织起来，杀死侵入农田的野猪。地方首领通过手机准备迎接外国科学家的来访。

莫桑比克全境，成千上万的人已经习惯了“文化”与“自然”，并把这些词带入了他们自己的文化世界。这些新的词语在有源头的文化之中发动，正如一些树木创造了它萌生之处的土壤。

总之，时间之河中，文化现象不可能停滞不前，等待人类学家把它们作为记录，证明现代之外的异域世界。

非洲深受本质化与田园牧歌化之苦，很多声称是纯正非洲的东西其实不过是非洲之外的臆造。几十年里，非洲作家要去证明纯正性：人们要求其文本传递出大家认为的真实种族性。非洲年轻作家正在从“非洲性”中解脱。他们是其所是，无需自我标榜。非洲作家希望成为世界的作家，一如世界上的任何作家。

确实有很多非洲作家面临着特殊的问题，但我并不想因此便将非洲视为一个唯一、独特、同质的地域。有各种各样的非洲，各种各样的作家，他们所有人都在自己心中重新创立大陆。确实绝大部分非洲作家需要面对不同语言与文化适应的挑战，但这个问题并非仅属我们非洲作家。世界上没有一个作家不需要在多种多样转瞬即逝的身份中寻找到自己的身份。在所有的大洲，每一个人都是不同国族造就的国族。在写作的世界中，其中的一个国族就被忽视被视而不见。这个国族叫做口头语。

口头语不仅是非洲特有的现象，而且是所谓“土著人”的重要特征，而这个称谓是错误的。口头语的地域具有世界性，这一瑰宝拥有丰富的思想与感受，可为诗所用。

有一种观点，认为只有非洲作家是所谓“语言冲突”（drama linguistico）的受害者。殖民确实带来了身份创伤与异化。然而，朋友们，实际上，没有一个作家可以使用现成的语言。我们每一个人都必须找到自己的语言，揭示出我们作为唯一的不可复制的存在。

印度社会学家安德烈·贝尔（Andre Beteille）写道：“了解一种语言让我们变成了人，对一种以上的语言应裕自如让我们变成了文明人。”如果这是真的，非洲人——世俗世界认为不文明的人——要比他们自己认为的更接近现代。大多数非洲人会说不止一种非洲语言，而且，还会说一门欧洲语言。现在被视为问题的东西，其实可以成为未来发展的强大力量。因为，多语能力是我们非洲人的通行证，可以实现一件罕见之事，尽管今日视之为危险：穿梭于不同身份之间，可能造访他人的隐秘内心。

无论如何，在这个可以归属我们的世界上，没有巨大而彻底的变化，便不可能有一个文明的未来。这意味着必须要终结饥饿、战争与穷困。而且也意味着要知道如何与梦的质料周旋。发言伊始，我讲了一个故事，一门语言让病中女子安睡，这一切正与这种语言关系巨大。未来的人必须成为一个双语的国族。会说一门现成的语言，能够处理看得见的日常。但是同时要掌握另一门语言，处理看不见的或梦的领域的一切。

我呼吁的是复数之人，配备复数的语言。在一种让我们成为这个世界的语言之畔，必须共存另一种让我们出离这个世界的语言。一种语言为我们提供了根与处所。另一种语言让我们拥有翅膀与旅行。

在一种让我们成为人的语言之畔，必须共存另一种语言，让我们上升到神的高度。

（本文选自杂文集《如果奥巴马是非洲人》，为作家在2008年斯德哥尔摩国际作家与翻译大会发言。译者为闵雪飞。）

从《梦游之地》到《母狮的忏悔》

—— 米亚·科托书写中的传统、女性与团结

（代译后记）

一、米亚·科托：人与身份

安东尼奥·埃米利奥·莱特·科托（António Emílio Leite Couto），1955年生于莫桑比克的第二大城贝拉。以米亚·科托这个笔名，他为世人所知。作为葡萄牙殖民者之子，一如很多生于莫桑比克的葡萄牙后裔，年轻时他是一位坚定的反法西斯主义者，对当时葡萄牙萨拉查独裁政府的“新国家”持否定态度。但是，有一点他却与其他葡萄牙后裔不同：他同时是一位坚定的反殖民主义者。因此，上大学时他便成为了莫桑比克解放阵

线（Frelimo，下称“莫解阵线”）的支持者，加入了这个领导民族解放运动的政党。为了完成莫解阵线的委托，他放弃大学学业，“渗透”进殖民者把持的国家电台，成为一名记者，以期独立之后接管宣传机构。正因为他是坚定的反殖民主义者，当1975年6月25日，莫桑比克获得独立，其他葡萄牙后裔因为种种因素纷纷返回前宗主国之时，米亚·科托却选择留下，自愿成为莫桑比克人。1985年，他重返大学，选择了生物学作为主修专业，最终成为全国知名的生物学家，在生态学与环境保护方面做出了很多贡献。在国界之外，他的身份是“莫桑比克整个国家的多译者”（Brookshaw：2002），承载着将莫桑比克展示给全世界的重责。他理解自己的文化责任，但也清楚地意识到这或许限制了外界真正理解莫桑比克。他拒绝一切标签，拒绝一切二元对立，比如试图将其田园牧歌化或本质化的“非洲作家”标签，比如将魔幻与现实截然对立的“魔幻现实主义作家”标签。

米亚·科托的写作生涯开始于1986年，在这一年，他的短篇小说集《入夜的声音》（*Vozes anoitecidas*）由葡萄牙Caminho出版社发行。1992年，长篇处女作《梦游之地》出版。2009年，《耶稣撒冷》问世。《母狮的忏悔》于2012年付梓。这三部目前在中国出版的作品时间跨度长达二十年，若是细心阅读，不难发现米亚·科托文学观念的发展与嬗变。倘若我们把目光延伸到他刚刚完成的“帝国三部曲”（“As Areias do Imperador”），在三十余年这个更长的时间段中考察，或许可以得到一个结论：米亚·科托的文学创作从僭越语言的边界转向了圆融纯熟的叙事探索，从民族身份建构的象征表达转入了对历史的深入钩沉。

二、《梦游之地》：传统与现代

《梦游之地》出版于1992年，以长达十六年的莫桑比克内战为背景。从1976年到1992年，莫解阵线（Frelimo）与莫桑比克全国抵抗运动（Renamo，下称“莫全国抵抗”）两大阵营对峙、残杀，造成了深重的灾难。内战的原因非常复杂，首先表现为外部势力的影响和干涉，正如小说中所说，“这场战乱是从外部来的，是丧失了特权的人带来的”，但同时也是复杂的国内矛盾的体现。一个重要原因在于独立后接管政权的莫解阵线急于以东欧社会主义国家为样本建立民族国家，未能充分尊重非洲独特的传统与价值观。“消灭部落，建立国家”（Matar a tribo para construir a nação）是独立英雄萨莫拉·马谢尔（Samora Machel）及其领导的莫解阵线——米亚·科托一度加入而又最终退出的政党——的执政方针。这种灭绝传统与历史的现代化之路激起了很多莫桑比克人的反感，尤其在农村地区，一定程度上给莫全国抵抗的势力增长提供了机会，最终导致了内战的爆发。

1990年，和平协议签署之前两年，米亚·科托开始撰写《梦游之地》，希望在记录惨痛历史的同时进行反思。所以，在这本书中，最核心的问题是传统与现代之间的关系。面对莫解阵线的社会主义实践，米亚·科托表达了他的基本观点：要尊重传统，尊重土著语言，尊重历史，这是我们不能拔除的根。因此，在小说中，“传统”一再出现，对“传统”的尊重与违背构成了人物与事件发展的动机。比如，木丁贾称呼图阿伊为“叔叔”，图阿伊特别讨厌这个称呼，但是木丁贾坚持，因为“这样叫是遵照传统”。在肯祖和法丽达的形象中，也可以看到作者对切割与“传统”之间联系的不满。肯祖和法丽达，一个由神父阿方索教养成人，另一个由一对葡萄牙殖民者抚养长大。他们是同一种人：被西方文明同化的黑人。他们虽然懂得土著语言，却只能用葡萄牙语做梦，因此丧失了文化之根，只能成为身份混乱的彷徨之人，徒然地在两个世界之间往返。肯祖的亡父塔伊姆的幽灵一再袭扰他，让他失去了做梦的能力，某种程度上，是对他不尊重传统的惩罚。在这部小说中，海洋与陆地，构成了现代与传统的象征。如果失去了与祖先的连接，那么我们就如书中的肯祖，再也无法踏上陆地，只能在海上漂泊;或者，就像法丽达，无法返回陆地，只能存身在一条触礁的船上。

小说的结尾，肯祖在梦中见证了巫师的作法。通过一段诗化的独白，巫师试图恢复与历史、过去及传统的联系，唯有这样，才能结束悲戚的过往，创造出崭新的世界。这同样是米亚·科托的诉求：“然而，最终，将剩下一个如现在一般的清晨，充满了新生的光，会听到了一个遥远的声音，仿佛是我们成为人类之前的记忆。一首柔美的歌响起，这是第一位母亲温柔的摇篮曲。是的，这首歌是我们的，是对根的记忆，它深深扎下，谁也不能替我们拔除。这个声音给我们力量重新开始。”

文学可以超越国界与时空。中国和莫桑比克，尽管距离遥远，但在现代化的过程中，都面临对“传统”的选择。某种程度上，我们这个国家实现了莫桑比克解放阵线当时的目标。也许，这是我们的成功，但同时，也可能是我们的失败。我们付出了传统的代价，获得了今天的现代化。然而，我们是不是也失去了与先祖的连接，再也不能懂得他们的语言？我们是不是无法再去返回自己的根，彷徨无依，一如肯祖和法丽达？我们是不是也同样失去了做梦的能力？在翻译米亚·科托《梦游之地》过程中，这些问题如同塔伊姆的亡灵一般袭扰着我，而我却无力给出回答。

三、《耶稣撒冷》：父权崩溃与女性书写

2009年，米亚·科托出版了《耶稣撒冷》。相比《梦游之地》，米亚·科托对于传统的态度发生了显著的变化。耶稣撒冷是一个巨大的隐喻，象征父权制度失效的国家，充斥着肉眼可见的混乱与无序。《耶稣撒冷》是米亚·科托对莫桑比克的父权制批评得最激烈的文本，作家质疑了莫桑比克的很多传统，尤其是对妇女的压迫。这种情况下，需要外力，或者说，外部文明的介入，形成冲击与变革，消灭传统中的压迫性成分。因此，在这本书中，他创造了一个象征性的白人女性形象，一方面讲述自身的经验，传播自己的价值观，另一方面，勇敢地挑战莫桑比克社会的父权机制。

耶稣撒冷只有五个男人和一头母骡，是一处完全没有任何女性存在的绝对父权的空间。希尔维斯特勒·维塔里希奥是至高无上的家长。他说外面的世界没有人了，耶稣撒冷是一处绿洲，在这里，时间都停止了。他的话不容置疑。然而,在葡萄牙女人玛尔达出现后，这种建构于谎言上的“真实”立即土崩瓦解。玛尔达揭露出耶稣撒冷的建立其实源起于一个巨大的创伤，这就是姆万尼托的母亲朵尔达尔玛的残酷死亡。

耶稣撒冷是莫桑比克的完全象征，是一个建基于父权制基础上的脆弱社会，统治完全失效。大家长几乎是一个疯子，是虽然在位但实际上缺席的父亲。他时刻需要一个小孩子——调试寂静者——的安慰和协助。唯有在寂静之下,他的谎言才能成立。一旦声音介入，这个虚假的世界就会全盘崩塌。

因此，在这本书中，女性的作用是书写。唯有通过书写，才能建构话语与声音，挑战沉默与寂静控制的虚假真实。女性书写主要体现在两处：首先，每一章之前的题记，都是女性诗人的作品。这一点显然经过精心设计。其次，玛尔达的信，是纯然的女性书写。我想，米亚·科托一定认为女性的书写是一条自我解放之路，只有找到了自己的声音，才能终结父权制的残暴。在这方面，他接近了我挚爱的克拉丽丝·李斯佩克朵。这也是他所引用的所有女诗人的共同追求，这也是我的追求，作为女性与女性主义者。我们共同面对索菲娅·安德雷森的疑问：“我聆听，却不知道，我听到的是寂静，抑或上帝"；我们的命途一如阿德里娅·普拉托的预言："要么疯狂，要么成圣"；我们经历着希尔达·希尔斯特坦陈的痛苦："痛苦，因为爱你，如果能使你感动。自身为水，亲爱的，却想成为大地"；我们疏离的生活正如索菲娅·安德雷森的描述："你在反面生活，不断地逆向旅行，你不需要你自己，你是你自己的鳏夫"。

四、《母狮的忏悔》：孤绝与团结

《母狮的忏悔》于2012年出版。在《耶稣撒冷》中，已经出现了朵尔达尔玛这个因针对女性的性暴力而死亡的角色。在《母狮的忏悔》中，作家在妇女权益方面的思考继续向前发展。独立之初，莫解阵线意图在农村建立社会主义制度，尽管在他们的纲领中有妇女解放的内容，但是在实际操作中，女性的诉求并未在考虑之中，女性只是子宫的携带者。如今，尽管莫桑比克的内战已经结束多年，国家实行了多党制，但是以马里阿玛为代表的农村女性，依然承受着传统、父权与性暴力的压迫。女性依旧只具有功用性。倘若一位女性如马里阿玛一般不育，她便没有任何用处，甚至不被认为是女人。

我的专业研究领域是女性文学。相比男性作家，我对女性作家更为熟悉，对莫桑比克文学也是如此。我必须提及保利娜·希吉娅尼（Paulina Chiziane），一位非常出色的莫桑比克女作家，作为米亚·科托的对照与补充，以深入地讨论《母狮的忏悔》。保利娜·希吉娅尼是黑人，女性，母语为非洲土著语言，葡语是后学的；米亚·科托先生是白人，男性，母语是葡萄牙语。两个人都曾积极参加过莫解阵线，后来先后退出。因此，这两个作家在身份上互为补充，构成了完整的莫桑比克文学图景。保利娜·希吉娅尼在其代表作《风中的爱歌》（*Balada de Amor ao Vento*）中，讲述了一位女性萨尔娜乌（Sarnau）的一生。她和马里阿玛一样，同样生活在莫桑比克北部。与更多接受天主教影响的南部相比，在北部，传统的势力更为强大，妇女买卖与一夫多妻制盛行。萨尔娜乌的成长经历了恋爱、献身、被抛弃、流产、被买卖、一夫多妻、家庭暴力、生产、难产、私奔、再次被抛弃、卖淫等种种磨难，可以说，一位女性因为性别所能遭遇的全部痛苦她都承受过。她最终依靠卖淫偿还了前任丈夫的彩礼，获得了解放与自由。

无论是《风中的爱歌》，还是《母狮的忏悔》，某种意义上，都可以视为一种“成长小说”（Bildungsroman）。这本是源自于德国的一种亚文类，当然，我们今天所使用的“成长小说”术语与当时德国致力于培养良好“市民”的文学类型已经有了相当大的距离。《风中的爱歌》讲述了萨尔娜乌的成长，《母狮的忏悔》展现了马里阿玛的成长。所以，这两部作品可以认为是“女性成长小说”。巴西学者克里斯蒂娜·费雷拉-平托（Cristina Ferreira-Pinto）曾经对男性成长小说与女性成长小说做出区分。她认为，男性成长小说总是以主人公在富有见识的年长“导师”的带领下，接受既定的价值观，融入社会而告终；而女性成长小说，却总是以女性主人公疏离社会而告终，或者是死亡，或者是出走。换句话说，一旦女性觉醒，就再也不能容忍这个社会了，而社会也再也不能容忍她们了。萨尔娜乌孤绝地走向卖淫之路，边缘化的结局完全符合这个区分。我第一次阅读《母狮的忏悔》时，当我看到猎人阿尔坎如最终将马里阿玛带出库鲁玛尼，我并不服气这个结局。我无法接受男性的阿尔坎如是拯救者而女性的马里阿玛是被拯救者这种设定。因为，这意味着将主动权拱手让人，如果女性始终期待更强大者“拯救”自己，她就丧失了自我拯救的能力与机会。而且我相当怀疑，已经在固有的社会结构中占有特权的男性，是否有觉悟与可能主动让渡权力。我认为这种事绝不可能发生。如果妇女想要获得彻底的解放，需要在自我觉醒的基础上发生一场摧枯拉朽的革命。但是，当我再次阅读这本小说，当那堵建在我内心之中的性别二元对立之墙崩塌之时，我忽然发现，这并非是阿尔坎如的单向拯救，而是彼此的救赎。阿尔坎如与马里阿玛，是雌雄同株的共生体。或许，《风中的爱歌》的结局更接近血淋淋的真实，而《母狮的忏悔》的结局更似一个乌托邦一般的愿景。猎人阿尔坎如的形象与作家米亚·科托合二为一，代表愿意为推进女性解放事业，亦即全人类的解放事业而发声的所有人。这件事无关男女，只需携手同行。因此，我建议所有的男士认真阅读《母狮的忏悔》，面对只有义务而没有社会支援的对女性发展造成巨大影响的生育传统，面对旨在保护你们的母亲、姐妹、妻子、女儿不受侵害的一切运动，如猎人阿尔坎如与作家米亚·科托一样，伸出你们的手，为了所有人的福祉，行动、发声。在争取女性自由与解放的事业中，女性不能孤独前进。我们呼吁 solidarity，所有人的团结。

闵雪飞
2018 年 8 月于北京